# ひいな

いとうみく

小学館

ひいな

# もくじ

およそ千年昔の平安の時代。
赤《あか》ん坊《ぼう》の枕《まくら》もとに、天児《あまがつ》や這子《ほうこ》といわれる人形をおく習慣《しゅうかん》があった。人形がお守りとなり、赤《あか》ん坊《ぼう》にふりかかる凶事《きょうじ》の身代わりになると考えられていたのである。

また、三月初めの巳《み》の日には、疫病《えきびょう》や災《わざわ》いから身を守るため、藁《わら》や草、紙で人形を作り、それに自らの災厄《さいやく》をたくして、川や海に流す祓《はら》いの行事もおこなわれていた。

そして同じころ、貴族《きぞく》の女児のあいだにはやったのは、紙で作ったひとがたの人形を使った、ままごと「ひいなあそび」である。

人形とは、大和言葉《やまと》では「ひとかた」。

ひとかたとは、人の身代わりに穢《けが》れや病などの災《わざわ》いを引き受け、祓《はら》われる道具だったともいわれている。

こうした、さまざまな文化や神事がからみあい、少しずつ形を変えて今日《こんにち》へと受けつがれてきたのが、「ひな祭り」である。

女の子の幸せを願う「ひな祭り」。

いとしい娘《むすめ》を守る人形として、ひな人形は家族のなかで大切に、そして愛されてきた。

# 駅舎《えきしゃ》の女雛《めびな》

濃姫《のうひめ》

二十三時四十五分。

最終電車が駅を出ると、通りのむこうから紺色《こんいろ》のジャンパーをはおった男が肩《かた》をすぼめてやってきた。男はホームをのぞき、それからねむそうに目をこすって駅舎《えきしゃ》の木戸をごとりとしめた。

駅舎にひな人形が飾《かざ》られる二月五日から三月三日までのおよそ一か月のあいだ、駅前にある数軒《すうけん》の商店が毎晩《まいばん》当番制で駅舎《えきしゃ》の戸じまりをおこなっている。今日は和菓子屋《わがしや》が当番だったらしい。あずきを炊《た》いたあまい香《かお》りが、うっすらと駅舎《えきしゃ》に残っている。

柱時計の長針《ちょうしん》が十二の位置で短針《たんしん》と重なる。

真っ暗な駅舎《えきしゃ》に、ぽうっとやわらかなあかりがともり、ざわりと空気が流れた。

しゅしゅしゅしゅしゅと着物のすれる足音、笛と鼓《つづみ》の音色《ねいろ》、人の話し声が駅舎《えきしゃ》に広がる。

「姫《ひめ》様、昨夜の続きですが」

着物のすそをはらい、官女《かんじょ》のタヨが女雛《めびな》の前にすわると、女雛《めびな》はごろりと横になった。

大きなあくびをしながら、しりをぼりぼりかく。

「濃姫《のうひめ》様！　またそのような。よろしいですか、姫《ひめ》様は人形作りの名手である、かの太郎《たろう》右衛門《えもんどの》殿がお作りになった女雛《めびな》ですぞ。そのような態度《たいど》はおあらためくださいませ」

女雛《めびな》はちらと視線《しせん》をむけて、

「ほんにタヨはうるさいのぉ」と、ため息をつく。

ため息をつきたいのはこちらのほうだ、とタヨは鼻を広げる。しかしそんなことをいちいち気にしていたのでは、姫《ひめ》様の官女《かんじょ》はつとまらぬ。タヨは床《ゆか》をトンとたたき、背筋《せすじ》をのばした。

「うるさいではございませぬ。このままですと、本当によく年もそのまたよく年も、考えたくはありませぬが、永遠《えいえん》に、このようなことが続くやもしれぬのですぞ」

タヨはひなびた駅舎《えきしゃ》を見まわして、濃姫《のうひめ》につめよった。

ここ十年、毎年ここに飾《かざ》られている。

人の子をいつくしみ、守ることが女雛《めびな》の役目であり、その役目を終えたあともなお、人に愛《め》でられることで、見るものをいやしていく。

それが女雛《めびな》としての幸せであろう。

人の往来《おうらい》が少なく、どことなく陰気《いんき》くさいこの場所に並《なら》ぶたびに、「もう、この世には必要がない」と、いわれているようで、気がめいる。かつては大店《おおだな》の奥座敷《おくざしき》に飾《かざ》られ、愛らしい女《め》の子《こ》のためにつとめてきた姫様《ひめ》であったのに……。

長いこと、気の遠くなるほど長いこと、あちらこちらと流され、しまいには蔵《くら》にとじこめられた。やっと日の目を見たと思ったら、このありさまだった。

「来年もまた、このようなところへ追いやられてもよいとおおせですか？」

「まあ、仕方なかろう？」

濃姫《のうひめ》はひょいと肩《かた》をあげた。

「姫様《ひめ》！」

タヨが声をあげると、長柄銚子《ながえちょうし》をもった官女《かんじょ》のスズが「まあまあ」とわりこんできた。

「タヨ殿《どの》、そんなに興奮《こうふん》されるとおはだに悪いですよ。ほらごらんになって、ここにうっすらひびが」

スズがタヨのほおを指さすと、濃姫《のうひめ》はどれどれと身を乗りだしてケラケラ笑う。人の気にしていることを……。年を重ねればだれでもこうなるのだ。ましてや、長いこと大した手入れもされていないのだから、あたりまえだ。

タヨは大きくせきばらいをして、スズにむきなおった。

「では、そなたはどう考えておる。このまま落ちぶれていいとでもお思いか？」

するとスズは、長柄銚子《ながえちょうし》をプラプラ動かして、「それは～、いやでございますぅ～」と、しなをつくる。五人囃子《ばやし》の一同が、それを鼻の下をのばしてながめている。

……こんなふうだから、われらはだめなのだとタヨは思った。このような事態《じたい》に、あやうさを覚えるものがおらぬとは。

こぶしをにぎり、ぎゅっと目をとじる。昔のあの華《はな》やかなくらし、多くの人からの羨望《せんぼう》のまなざしが、うかんでは消え、うかんでは消えていく。

タヨはかぶりをふった。なげいていてもなにもならぬのだ。そんなことは、ここ十年でいやというほど思い知らされた。

やはり、なにか手を打たねば。とはいうものの、どうしたものか……。

はるか昔から、人形はその使命を果たすことで、功徳《くどく》をあたえられるといわれている。

が、それがまことかどうかは、さだかではない。だからこそ、タヨはこれまでそれを口にしたことはなかった。しかし、このくらしからぬけだすには、ひな人形としての使命を……。

タヨはかぶりをふった。

姫様《ひめ》にできるのであろうか？

足を投げだし、のんきに鼻歌を歌っている濃姫《のうひめ》を見て、ため息をつく。

……あまりにも心もとない。

ならばあきらめるしかないのであろうか？

いいや。

タヨはぐいっと顔をあげた。

今もときおり、ごくごくまれにではあるが、姫様《ひめ》はおどろくほど高貴《こうき》な、そして凛《りん》とした表情《ひょうじょう》をされる。それは女雛《めびな》として生まれ、その使命をになってきた人形がもつ、独特《どくとく》な輝《かがや》きだ。

姫様《ひめ》は、やればできるのだ。

……たぶん。

よし。タヨは立ちあがり、下腹《したはら》に力を入れた。

「タヨ殿《どの》」

下段《げだん》から官女《かんじょ》のイサが急ぎ足でやってきた。

「いかがした」

イサは袖《そで》で口もとをかくすようにして、タヨに耳打ちした。

「先ほどらいから、おかしな物音がおもてから聞こえるのです。仕丁《しちょう》たちに見てくるようもうしつけたのですが……」

雑事《ざつじ》をまかされている三人の仕丁《しちょう》は、ていねいな仕事をする。話し上手で、聞き上手。蔵《くら》のなかでは、ほかの人形たちから外界のようすを聞きだし、世の流れをつたえてくれる。されど、腕《うで》っぷしはからきしだ。

「右大臣に声をかけてみましょう。そなたはここで姫《ひめ》様を」

「かしこまりました」

イサと別れてタヨは下段《げだん》へとむかった。

今度はなんじゃ。ネズミであろうか？　今年は初日からネズミの襲来《しゅうらい》にあった。右大臣が弓で威嚇《いかく》してから姿《すがた》を現《あらわ》してはいないが、天井裏《てんじょううら》でごそごそと音がしているところをみると、いつおそってきても不思議はない。昨日《きのう》はゴキブリが二匹《ひき》かけまわり、一昨日《おととい》などは男の投げたたばこで、あやうく火事になるところだった。

ドン!

ドドドド、ドドドド。

カリカリカリ。

おもての木戸がゆれ、細くひらく。そのすきまから、ふたつの光が飛びこんできた。

ザザザザッ。

「よ、夜討《ようち》ち、ぎゃあ」

「お逃《に》げくだされ!」

「ひょええええ~」

仕丁《しちょう》たちがおしあいながらこちらへかけてくる。そのうしろから、ふたつの光がまっすぐに飛んできた。

むんとした異臭《いしゅう》があたりにたちこめ、かたい毛が宙《ちゅう》を舞《ま》う。

悲鳴と怒声《どせい》、うなり声にまじって、しゅんしゅんと弓の音がかすかに聞こえる。

「ゆけっ!」

右大臣の声が通る。

しゅっ！

弓の音のあと、ギャッというおそろしい声がひびき、光は外へと消えていった。

タヨは胸《むな》もとをおさえてその場にすわりこんだ。

なんと、なんと、おそろしい。

ごとん。

頭上から、橘《たちばな》の黄色い実が落ちてきた。

あ、姫《ひめ》様……姫《ひめ》様！

すそをたくしあげ、タヨが上段《じょうだん》にかけあがると、濃姫《のうひめ》と殿《との》の上にイサがおおいかぶさっていた。

「おけがはございませぬか」

タヨが声をかけるとイサはしずしずと下がった。殿《との》は毎度のことながら、白目をむいて気を失っている。

「タヨか？」

濃姫《のうひめ》が丸い顔をクシャっとしてふりむいた。

「ここにおります」

そばによると、姫《ひめ》はよよと泣きだした。

「どこかおけがでもなさいましたか？　痛《いた》むところでも」

「ここが」と、濃姫《のうひめ》は両手で胸《むね》をおさえた。あわてて傷《きず》のようすを見ようとすると、

「そうではない。心が傷《きず》ついたといっておるのじゃ」

ぐっ……。

本当に傷《きず》ついたものは、そんなことはいわぬ。心配などするのではなかったと、タヨは心底後悔《こうかい》した。

「にしても、今のはいったいなんじゃ」

なんじゃといわれてもタヨにもわからない。ただ、ネズミやゴキブリではないことだけは、たしかだ。

「イタチでございます」

白いひげをたくわえた左大臣が静かにいった。

「イタチ？　イタチがなぜここへ？」

「戸の、すきまから……、こじあけたようです」

弓をおき、右大臣が息を切らせながら片《かた》ひざをつく。

「ここは、ボロじゃからの」

目をさました殿《との》が肩《かた》をおろし、かぼそい声でぼそりという。

仕丁《しちょう》たちは顔を見合わせた。

「たしかに。ここは庶民《しょみん》の家よりひどい」

「すきま風はあたりまえ」

「雨もりもあたりまえ」

沓台《くつだい》を手にした仕丁《しちょう》は涙《なみだ》ぐみ、台笠《だいがさ》をもった仕丁《しちょう》は「われらをなんだと思っているのだ」とおこりだした。

いつものんきな面々も、さすがに腹《はら》を立てている。

まあ落ち着いて、と口をひらきかけてタヨは動きを止めた。

これはよい機会かもしれぬ。

タヨはみなの顔を見まわし、コホンとひとつせきばらいをした。

「このままでは、またいつ、今宵《こよい》のようなことが起こるやもしれませぬ。いえ、今宵《こよい》はなんとか難《なん》を逃《のが》れましたが、次は」

「タヨ！」

濃姫《のうひめ》がぱちんと扇《おうぎ》を鳴らした。

「なぜそちは、そのようにおそろしいことをいうのじゃ。うしろむきすぎるぞ」

うしろむきとは……。

「姫《ひめ》様！　これはまぎれもない事実なのです。このようなことが、この先何年も、いえ、何十年も続くのです。ここにおりますかぎり」

「そ～んな～、いやでございますぅ～」

しなをつくるスズに、イサは顔をそむけ、仕丁《しちょう》たちは目じりを下げた。

「では、タヨ、そちはどうすればいいと？」

殿《との》がおずおずと口をひらく。

「はい、殿《との》様。ここから出るのです」

「出るといってもの ぉ……。して、どのように？」

少しは自分で考えろといってやりたい気持ちをおさえて、タヨはうなずいた。

「はるか昔から、人形はその使命を果たすことで、功徳《くどく》をあたえられるといわれております」

「ほぉ、そのようなことが。ということは、その功徳《くどく》とやらをあたえられれば、ここを出ていくことができるのじゃな」

殿《との》は小さい目をぱちぱちさせながら、タヨと濃姫《のうひめ》にせわしなく視線《しせん》をむけた。

「さようです。われら、いえ、姫様《ひめ》にとっての幸せとは、人の目にふれられることではございませぬか。つまり姫様《ひめ》にとっての功徳《くどく》とは、往来《おうらい》の多い場所へ行くこと」

「それはたしかにそのとおりじゃ。で、その使命とは」

左大臣が興味《きょうみ》深げに身を乗りだした。

「かんたんでございます。初心にもどればよいのです」

「ほう、初心に」

タヨはうっすらと笑みをうかべて、濃姫《のうひめ》を見た。

「はい。ひな人形としての本来のお役目を成しとげるのです」

「ひな人形としての役目？　そ、そなた、もしや」

「はい、姫様《ひめ》。身代わりでございます」

濃姫《のうひめ》は立て続けにまばたきし、ブンブンかぶりをふった。

「いやじゃ！　いやじゃいやじゃ！　なぜわらわがやらねばならぬのじゃ」

「女雛《めびな》の宿命でございます」

「なにが宿命じゃ、そなた知っておるか!?　わかっておるか!?　身代わりの悲惨《ひさん》さを」

濃姫《のうひめ》は一瞬《いっしゅん》、遠い目をしてぶるりとふるえた。

「ですよね～、それに～、身代わりっていう時代じゃございませんし～」

スズのことばに、濃姫《のうひめ》は大きくうなずいた。

「おそれながら、わたくし、タヨ殿《どの》のお考えに賛同《さんどう》いたします。このようなさびれたところでは、とうてい姫《ひめ》様をお幸せにすることはかないませぬ。ならば、ここは功徳《くどく》をいただくことを考えたほうが」

左大臣がうやうやしくいうと、濃姫《のうひめ》は袖《そで》で目もとをおさえた。

「左《ひだり》のおとどまで、そんなことをもうすのか」

左大臣は、姫《ひめ》の涙《なみだ》にめっぽう弱い。

「あ、いえ、いえいえいえ、そういうわけでは」

「姫《ひめ》様、涙《なみだ》が出ておりませせぬ」

タヨがいうと、濃姫《のうひめ》はちっと舌《した》を鳴らしてそっぽをむいた。

殿《との》はおろおろし、左大臣は下をむいたままかたまっている。

「左大臣殿《どの》、姫様《ひめ》のためですぞ。この陰気《いんき》で人の往来《おうらい》もないようなところで、朽《く》ちるまでいるおつもりですか？　想像《そうぞう》するのです。大勢《おおぜい》の女の子《めこ》たちが姫様《ひめ》に見ほれる姿《すがた》を」

「……」

「それこそが姫様《ひめ》の幸せ」

じょうぜつなタヨのことばに、みなが大きくうなずくなか、濃姫《のうひめ》はぶすっとしながら背《せ》中《なか》をむけた。その肩《かた》に心配そうに殿《との》が手をおく。

パチン！

濃姫《のうひめ》はふりむきもしないまま、その手を扇《おうぎ》で打った。

「ひっ」

赤くなった手の甲《こう》をさすりながら、殿《との》はいった。

「ほ、ほかに、手は」

「ございませぬ」

タヨは即答《そくとう》した。

「すべては姫様《ひめ》しだい。是《ぜ》が非《ひ》でもお役目を果たすのです」

# 人の子——由良《ゆら》

駅におりると、山からの冷たい風がほおをなでた。季節が一か月ほどもどってしまったような寒さに由良《ゆら》は首をちぢめて、母にからだをよせた。

東京から約五時間。いくつかの列車を乗りつぎ、ようやく着いた。

ここが、お母さんが生まれて、育った場所。

由良《ゆら》がこの町に来たのは二度目だ。

一度目は、まだ保育園《ほいくえん》に通っていたころだった。幼《おさな》かったせいで、あまり記憶《きおく》に残っていない。それでも、祖父母《そふぼ》の家の木のにおいや、広縁《ひろえん》の日だまりでだれかに読んでもらった絵本のことは覚えていた。あの本は、たしか『しろいうさぎとくろいうさぎ』。

由良《ゆら》の横を厚手《あつで》のコートをはおった男が足早に追い越《こ》していく。プラットホームには、由良《ゆら》と母の結子《ゆうこ》、ふたりだけになった。

小さく息をついて、コートのポケットをさぐり、「小」と書かれた切符《きっぷ》を指でなでた。

人込《ご》みは好きじゃない。

大勢《おおぜい》の人が行きかうなかに立っていると、足のつかないプールにほうりこまれたような気持ちになる。いっしょうけんめい足を動かしているのに、からだがどんどん沈《しず》んでいく。そんな感じ。けれど、人の気配を感じないということも、同じように不安をさそう。

「あいかわらず静かね」

結子《ゆうこ》はそういって足を止め、空をあおいだ。由良《ゆら》も同じように見あげる。弱々しげな日差しが木々のすきまからこぼれている。

「ねえ、由良《ゆら》、目をとじてごらん」

首をかしげると、結子《ゆうこ》はほらっ、と静かに目をとじた。由良《ゆら》もあわてて目をつぶる。

ザーザーという雨に似《に》た音が遠くでひびく。

目をとじたまま、由良《ゆら》は耳をそばだてる。

水の音……。ああ、川だ。さっき列車のなかから見えた。

ぴっちりと護岸《ごがん》工事された東京の川とはちがう自然の川。滝《たき》つぼがあり、あちこちに大きな岩がたたずみ、川岸からは枝《えだ》がはりだしている。春になれば、木々の葉にかくれてしまうような川はばのせまいところもあった。

すーっと息をすいこむと、今度は川音に重なるようにして、さわさわとやわらかな葉音と、ピーィとすんだ鳥の鳴き声が聞こえた。

やさしい音が、空を自由にクルクルまわっている。気持ちがいい。

由良《ゆら》は両手をからだの横で、すっとひらいた。

「もうすぐ、このあたり一面に菜の花が咲《さ》くのよ」

結子《ゆうこ》はそういって笑うと、「よし」と、気合いを入れるようにして歩きだした。

改札口のむこうは、小さな待合所になっていた。正面にさびのうきでたベンチがあり、その横にせんべいの空き缶《かん》に穴《あな》をあけて作った灰皿《はいざら》が並《なら》んでいる。壁《かべ》にはタクシー会社の電話番号が書かれた紙が一枚《まい》、はってあった。

「いやだ、圏外《けんがい》」

結子《ゆうこ》は手にしたケータイをコートのポケットに入れて、「おばあちゃんに電話してくるから、待ってて」と、ベンチの横にカバンをおき、待合所の外に足をむけた。

(わたしも)と、一歩ふみだした由良《ゆら》の目のはしに赤いものが映《うつ》った。ふりかえると、改札口の左のすみにひな壇《だん》があった。色あせた朱色《しゅいろ》の布《ぬの》が敷《し》かれた七段飾《だんかざ》り。引きよせられるように、ひな壇《だん》の前に足をむけた。

きれい。

一番上の段《だん》に飾《かざ》られている女雛《めびな》を見て、ほうっと息をつく。

月見団子《だんご》のような丸顔にすずやかな瞳《ひとみ》、低い鼻に点をついたような小さな朱色《しゅいろ》の口。

愛きょうのある顔立ちのなかに、どこか風雅《ふうが》さを秘《ひ》めた女雛《めびな》。

これまでに出会った、どのおひなさまともちがって見えた。ただきれいとか、品があるとか、華《はな》やかだとか、そういうのとはちがうなにか独特《どくとく》な雰囲気《ふんいき》をはなっている。

なのに、このおひなさま……。

女雛《めびな》をもっと間近で見たくて、由良《ゆら》はかかとをあげた。

「りっぱなおひなさまね」

カツカツとヒールの音をひびかせて、結子《ゆうこ》が由良《ゆら》の横に並《なら》んだ。

「ずいぶん古いけど、きっといいものなんでしょうね。さ、由良《ゆら》。おじいちゃん、もう着くころだって」

結子《ゆうこ》がにぎった手を、由良《ゆら》はくんと引いた。

「なに?　トイレ?」

かぶりをふり、おひなさまを指さした。

「どうしたの？」

「元気ないみたい」

「え？」

「おひなさま、つまらなそうな顔をしてる」

由良《ゆら》がいうと、結子《ゆうこ》はくすりと笑った。

「やだ、おひなさまがつまらない顔をしちゃだめよね。だいじょうぶ。やさしいお顔してるわよ。きっと古いからそんなふうに見えるのよ」

ププッププー。

軽いひびきのクラクションが、外から聞こえた。

「来た。さ、由良《ゆら》」

結子《ゆうこ》に手を引かれながら、由良《ゆら》はもう一度、ひな壇《だん》をふりかえった。

駅舎《えきしゃ》を出ると、白い小さなトラックが止まっていた。窓《まど》から、ふわっと煙《けむり》が流れる。

おじいちゃんが、あそこにいるんだ……。

祖父《そふ》の宇佐美慶吾《うさみけいご》に会うのは、二度目だ。なんといってあいさつをすればいいのだろう。

由良《ゆら》がそんなふうに思っているうちに、結子《ゆうこ》は助手席のドアをあけていた。

「荷物、うしろにいい？」

返事を待たずに結子《ゆうこ》はトラックのうしろにまわって荷台にカバンをふたつのせ、由良《ゆら》の背中《せなか》をおして助手席に乗りこんだ。

せまい車内は、たばこのにおいがした。

「お父さん、しばらく由良《ゆら》がお世話になります」

由良《ゆら》の左側で結子《ゆうこ》がいうと、右側から慶吾《けいご》が「ん」と短く返事をした。

空気が重い。重たくて、息苦しい。由良《ゆら》はうつむいて、コートのボタンをじっと見つめた。

「何年生になった」

慶吾《けいご》の声に、由良《ゆら》はあわててボタンから目をはなして、顔をあげた。

お母さんと似《に》てる。

切れ長の目も、黒目がほんの少し茶色いところも、よく似《に》ている。

「よ、四年生」

そう答えると、慶吾《けいご》は二度うなずいてハンドルをにぎり、サイドブレーキをおろした。

トラックは、駅前の小さな商店街をぬけると右へ大きく曲がり、急な坂道を登っていった。

ウイイイン、うなり声をあげるトラックに、慶吾《けいご》は「そーら、がんばれ」といってアクセルをふみこむ。それがなんだかおかしくて、思わず由良《ゆら》が笑うと、慶吾《けいご》はてれたような顔をして、たばこに火をつけた。

茶畑のあいだをぬけて、山のなかへ入っていく。すーっとあたりが暗くなった。このあたりは常緑樹《じょうりょくじゅ》が多く、冬でも葉をしげらせている。

「もうすぐだ」

山をぬけ、一面に畑が広がる先に、かわらぶきの屋根をのせた家が見えた。

「ほら、煙《けむり》があがっているの見えるでしょ。あそこよ」

結子《ゆうこ》がフロントガラスのむこうを指さした。

先のほうで白い煙《けむり》があがっている。

「えんとつがあるの?」

慶吾《けいご》が「いや」と短く答える。

「たき火だ。焼きいも、好きか?」

焼きいもなんてしたことがない。あいまいに首をかしげていると、慶吾《けいご》はギアを入れかえて、「たき火で焼いたいもはうまいぞ」とぼそりといった。

家の前には大きな橘《たちばな》と柿《かき》の木があり、柿《かき》の木のむこうに小さな畑が見える。

エンジン音を聞いて、玄関《げんかん》から祖母《そぼ》の清子《きよこ》が飛びだしてきた。

「結子《ゆうこ》！　由良《ゆら》ちゃん！」

「お母さん！」

結子《ゆうこ》はトラックが止まるとパッと飛びおりた。

祖母《そぼ》にだきつく母を、由良《ゆら》はトラックのなかで見ていた。

さっきとは、ずいぶん態度《たいど》がちがう。

なんだか祖父《そふ》に悪いような気がして、おりることができなかった。

そんな由良《ゆら》の頭に、慶吾《けいご》は手をのせて「いも、食うか？」と、いった。


祖父母《そふぼ》の家は、東京のアパートとちがって、家のなかにいても寒い。こたつに入ると、トイレに行くのもためらってしまう。

結子《ゆうこ》と清子《きよこ》は、さっきから台所で夕食のしたくをしながら話をしている。ときどき笑い声も聞こえる。

こんなに楽しそうな母を見たのはひさしぶりだ。

昨年の秋、母の結子《ゆうこ》がつとめていた小さな出版社《しゅっぱんしゃ》が倒産《とうさん》した。「仕事なんて、えりごのみさえしなければすぐに見つかるわよ」と、最初は笑っていたけれど、年末になっても、年が明けても仕事は決まらなかった。それでも結子《ゆうこ》は、「だいじょうぶ、だいじょうぶ」と、呪文《じゅもん》のようにくりかえしていた。

だいじょうぶでないことは、由良《ゆら》にもわかっていた。いつだったか、夜中に目がさめたとき、小さなあかりの下で、母が貯金通帳をながめてため息をついていた。強くて大きな母が、教室のすみで肩《かた》をすぼめて泣いている小さな女の子のように見えて、どきっとした。どうしたらいいんだろう？　なにか自分にできることはないのだろうか……。そう思ったけれど、なにもできなかった。できたことといえば、なにもいわず、母の「だいじょうぶよ」のことばに、うなずくことだけだった。

一月の最後の金曜日、由良《ゆら》が学校から帰ってくると、結子《ゆうこ》は「仕事決まったよ」とピースした。コンビニのビニール袋《ぶくろ》からパックに入ったショートケーキを出して「お祝いよ」と笑い、出版社《しゅっぱんしゃ》にいたときの知り合いの編集者《へんしゅうしゃ》から、海外ルポの仕事を依頼《いらい》されたのだと声をはずませた。ネパールの孤児《こじ》やストリートチルドレンを支援《しえん》している団体を取材するのだという。期間は二週間。

ケーキを食べ終わるのを見計らったように、結子《ゆうこ》はいった。

「二週間、桃花《とうか》に行ってくれる?」

桃花町《とうかちょう》。母の故郷《ふるさと》。

祖母《そぼ》と、祖父《そふ》がくらしている町だ。


ひゅーとつめたい風が流れてきた。

慶吾《けいご》が広縁《ひろえん》の戸をあけ、庭の畑からとってきた大根を新聞紙の上にのせて由良《ゆら》を見た。

「手、黄色くなるぞ」

えっ? ふっと、こたつの上を見ると、みかんの皮が五つ、つまれていた。思わず由良《ゆら》が手のひらを見ると、慶吾《けいご》は大きな声で笑った。


夕食は水炊《みずた》きだった。あまりなべものは好きではないけれど、庭の畑でとれたという白菜やネギは、あまくて意外なほどおいしい。

「由良《ゆら》ったらよく食べるわね。野菜、あんまり好きじゃないのに」

結子《ゆうこ》がいうと、慶吾《けいご》はおちょこに口をつけて、ちらと由良《ゆら》を見た。

あわててネギを口に入れると、慶吾《けいご》は満足そうにうなずいた。

「ねえ、ここはなんにもないでしょ、東京とちがって。由良《ゆら》ちゃんおどろいたんじゃない？」

くつくつと音を立てるなべに、ごはんを入れながら清子《きよこ》がいった。

たしかに、駅前にも小さな店が何軒《なんげん》かあるだけで、コンビニもファストフードもなかった。ジュースの販売機《はんばいき》もにぎやかな音楽も、夜でも昼間のような街のあかりも。

由良《ゆら》がすっと息をすいこむと、慶吾《けいご》が鼻を鳴らした。

「あるものがちがうだけだ」

由良《ゆら》は慶吾《けいご》を見た。

あるものが、ちがうだけ。

そうかもしれない。なにもないんじゃない。川の音も心地いい葉音も、東京では感じたことがなかった。

ここにはあたりまえにあるものが、むこうにはない。外の暗闇《くらやみ》も、あまいネギも、あのおひなさまも。

「おばあちゃん、駅にね、おひなさまが飾《かざ》ってあった」

「あら、駅にも飾《かざ》ってたのね」

「知らなかったの？」

結子《ゆうこ》がおかしそうにいうと、清子《きよこ》は、そりゃそうよと笑った。

「電車なんてほとんど乗らないしね。最近だと乗っても南方川《なんぽうがわ》駅からでしょ。木偶《でく》駅は急行が止まらないから。結子《ゆうこ》たちもてっきり南方川《なんぽうがわ》から来ると思っていたのよ。だから、お父さんに、ね」

「あっ、それで……」

むかえがおそかったのはそういうことだったのか、と結子《ゆうこ》は慶吾《けいご》を見た。

「南方川《なんぽうがわ》駅って、何年前にできたんだっけ？」

「八年、七年前だったかしらね」

「そう。新しい駅でおりるなんて、思いつかなかったな」

結子《ゆうこ》がいうと、清子《きよこ》は苦笑してなべの火を少し弱めた。

「由良《ゆら》ちゃんは、おひなさま好き？」

こくりとうなずくと、清子《きよこ》はほおをゆるめた。

「この町はね、昔、人形の町で有名だったのよ」

「人形の町？」

「そう。有名な人形作りの職人《しょくにん》さんがいて、そのお弟子《でし》さんたちがたくさんこのへんにくらしていたんですって。今は職人《しょくにん》さんもほとんどいないんだけど。それでも人形の町っていうなごりなんでしょうね。この時期になると、町のいろいろなところにおひなさまが飾《かざ》られるの。ね、あなた」

慶吾《けいご》は清子《きよこ》のことばにはなにも答えず、とっくりをかたむけた。

「そういえば、わたしのおひなさまって」

とん！

慶吾《けいご》は結子《ゆうこ》のことばをさえぎるようにおちょこをおいて、腰《こし》をあげた。

「ごちそうさん」

「あなた、雑炊《ぞうすい》できますよ」

「いい」

慶吾《けいご》はふすまに手をかけ、一瞬《いっしゅん》足を止めた。

「おい」

「はい？」

清子《きよこ》が火を弱める。

「由良《ゆら》、連れてってやれ」

「そうですね」

「え、どこへ？」

結子《ゆうこ》の質問《しつもん》にはなにも答えず、慶吾《けいご》はふすまをしめた。

ふーっ。

結子《ゆうこ》はため息をつき、くつくつ煮《に》えるなべをじっと見ている。そんな母の横顔を見て、由良《ゆら》は後悔《こうかい》した。

おひなさまの話なんてしなければよかった……。

自分がなにかをすると、うまくいかない。不思議と望まないほうへ転がってしまう。昔から、そうだ。

公園でダンボールに入れられていた子《こ》ねこを見つけたときだって……。

かわいくて、だれかに連れていかれたくなくて、友だちと三人で小さな用具小屋で飼《か》っていた。ダンボールにタオルを敷《し》いて、ミルクやごはんを運んだ。子《こ》ねこはいつもミーミー鳴いて足もとに頭をすりつけた。ひざの上にのせると、細くて、あたたかかった。毎日小屋に行くのが楽しくてうれしくて、でも数日後、小屋のなかで子《こ》ねこは死んでいた。かくしたりなんてしなければ、やさしい飼《か》い主《ぬし》に拾われていたかもしれない。そうしたら、死なずにすんだかもしれない。

ほかにも、思いかえすときりがない。人に話したら、考えすぎだと笑われるようなことだってあるかもしれない。

でも……。

はしの先を小さくかんだ。

「お父さん、由良《ゆら》をどこに連れていけっていったのかしら？」

結子《ゆうこ》のことばに、由良《ゆら》はそっと顔をあげた。

「橘《たちばな》神社でしょ、きっと」

清子《きよこ》はそういってふすまに目をやった。

## 女《め》の子《こ》選び——濃姫《のうひめ》

ぼんぼりにあかりがともる。

いつもの、にぎやかしい太鼓《たいこ》の音も、笛の音もなく、パチッパチッと扇《おうぎ》をとじる音だけがひびいている。

仕丁《しちょう》たちは息を殺し、五人囃子《ばやし》の面々は楽器を手に目配せしあっている。左大臣と右大臣は、目をとじて微動《びどう》だにしない。

官女《かんじょ》のイサとスズは、きれいにみがかれているはずの銚子《ちょうし》に布《ぬの》をあて、意味もなくこすっている。

ピンとはりつめた空気が、駅舎《えきしゃ》のなかにたちこめていた。

「えーい！　いやじゃ、いやじゃ」

濃姫《のうひめ》の声が静寂《せいじゃく》をやぶった。

殿《との》が「ひぃ」と声をあげ、タヨは身を乗りだした。

「姫様《ひめさま》！」

「いーやーじゃー」

ほおをふくらませる濃姫《のうひめ》に、タヨはぐいと胸《むね》をはってみせた。

「濃姫様《のうひめさま》、自覚をおもちください」

「自覚？」

「はい。姫様《ひめさま》がそのようなことですから、昼間、女《め》の子《こ》にあのようなことをいわれるのですぞ」

「あのような？」

「お忘《わす》れでございますか？　元気がないだの、つまらなそうな顔をしているだのともうしていたではありませぬか」

「あー。たしかに、失礼な女《め》の子《こ》じゃったな。もともとわらわは、こういう顔じゃ」

濃姫《のうひめ》がすねたようにいうと、となりで殿《との》が「姫《ひめ》は、不細工ではないぞ」と小声でいう。

そういうことではない……。

タヨはちらと殿《との》をにらみ、あごをあげて、濃姫《のうひめ》を見た。

「よろしいですか。この際《さい》ですので、はっきりともうしあげます」

殿《との》が不安げな表情《ひょうじょう》をうかべながら、おどおどと濃姫《のうひめ》とタヨに目を動かす。

下段《げだん》からも、みなようすをうかがっている。

「今、考えねばならぬのは、姫《ひめ》様のお気持ちではございませぬ。姫《ひめ》様には、女雛《めびな》としての使命と義務《ぎむ》がございます。それを果たされることがなにより肝要《かんよう》」

きっぱりと告げるタヨを見て左大臣はおろおろし、右大臣は「おそろしや」とつぶやいた。

タヨは、これまでの十年のうちに起きた数々の不幸を語りはじめた。季節はずれの大雪、当番の電気屋が戸じまりを忘《わす》れた日のこと、のらねこが駅舎《えきしゃ》のすみに排便《はいべん》をし、そのあまりのくささに身もだえたこと……。

タヨは身ぶり手ぶりをまじえて、次々とつらい日々を語った。

みなも、「そうであったなぁ」と口々につぶやき、ときに涙《なみだ》を流し、ため息をついた。

語りつくしたタヨは息があがり、ひたいには汗《あせ》がにじみ、髪《かみ》は乱《みだ》れていた。

これだけの事実をつきつければ、さすがの姫《ひめ》様もお覚悟《かくご》をなさるはず。

タヨは左手で髪《かみ》を整え、白湯《さゆ》でのどをうるおして顔をあげた。

濃姫《のうひめ》は、檜扇《ひおうぎ》をひらいて顔をかくすようにしてうなだれている。

こ、これは、少々いいすぎてしまったかもしれぬ。もしや姫様《ひめ》の心を傷《きず》つけてしまったのでは……。

タヨは動揺《どうよう》した。

姫様《ひめ》を思ってのこととはいえ、もう少しことばを選ぶべきであった。思いだしたくないことも多々あったはずだ。それなのに、傷《きず》をえぐるような……。

あぁ、なんということを。

「姫様《ひめ》」

タヨはうなだれた。

と、この音は？

すーぅすーぅすーぅ。

んんん、んん？

この息づかい。

左大臣と目が合った。

まさか？

「姫《ひめ》、様？」

まさか、いねむりなど……。

「姫様《ひめさま》！」

ガクン。

「わわわっ、な、なんじゃ、イタチか？」

からだをくずして床《ゆか》に手をついた濃姫《のうひめ》の口もとに、よだれのあとがついている。

うっ、ありえぬ……。

タヨはこぶしをにぎって大きく息をつき、懐紙《かいし》を濃姫《のうひめ》の口もとにあてた。

「もう一度もうしあげます。濃姫《のうひめ》様、身代わりをおこなうは姫《ひめ》様の使命なのです。いやも、無理も、きらいも！　一切関係ございませぬ！」

「ひえっ」

タヨの迫力《はくりょく》に、濃姫《のうひめ》は小さく悲鳴をもらして小刻《こきざ》みにうなずいた。

「よろしゅうございます」

満面の笑みをたたえるタヨを、殿《との》はおそろしげに見つめて、肩《かた》をすぼめた。

「では、これからのことについてでございます。まず姫《ひめ》様には、女《め》の子《こ》をひとり選んでいただきます」

「女《め》の子《こ》をのぉ」

濃姫《のうひめ》はため息をつきながら、扇《おうぎ》を床《ゆか》にあてて、のの字を書いた。

「はい。姫様《ひめ》が身代わりとなる」

「タヨ！」

濃姫《のうひめ》が大声をあげるたびに、となりで殿《との》が飛びあがり、顔を青くする。

「どうなさいましたか、姫様《ひめ》」

「そんなにはっきりともうすでない。気がめいる」

「はっ？」

「そのあれじゃ、身代わりということばじゃ」

「あ、はあ、それでは……、厄《やく》を引き受ける」

「同じじゃ！　タヨ、そなた、も少し遠まわしにいえぬのか？」

姫様《ひめ》はこう見えて、案外、繊細《せんさい》なのかもしれぬ。長年お仕えしても、新たな発見はあるものだとタヨは妙《みょう》なことに感心した。

「失礼をいたしました。では、姫様《ひめ》が見守る……で、いかがでしょうか」

「見守る。見守る、よい、それならよい」

「もちろん実際《じっさい》には、見守るだけではございませぬが」

そういうタヨに、濃姫《のうひめ》はほおをぷっとふくらませた。

「わかっておる。いちいちタヨはうるさいのじゃ」

「わかっておいでならよろしいのです。姫《ひめ》様のお覚悟《かくご》はたしかなもの。そうでなければ、つとまるものではございませぬ」

濃姫《のうひめ》の顔がパッと明るくなる。

「覚悟《かくご》ができていなければ、やめてもよいのか？」

「なりませぬ」

ちっ、濃姫《のうひめ》は舌打《した》ちして、足を投げだした。

「して、その女《め》の子《こ》はどこで見つけるのじゃ」

「思案しております」

女《め》の子《こ》をどう見つけるか。もっかタヨを一番悩《なや》ませていることだった。

本来であれば、女《め》の子《こ》を思いし者が、その女《め》の子《こ》にあった女雛《めびな》を選び、家に飾《かざ》られることで契《ちぎ》りは結ばれる。されど、このようなところにおかれている女雛《めびな》を、いとしい娘《むすめ》や孫娘《むすめ》のひな人形に……などと見初《みそ》められるはずもない。

ならば、少々乱暴《らんぼう》な方法ではあるが、直接女の子《めこ》にかけあうしかない。

とはいうものの、女雛《めびな》は女の子《めこ》の身代わりをになうと契《ちぎ》りをかわすことで、初めて力をもつことができる。今の姫《ひめ》様はまだ女の子《めこ》と会話することも、人形《ひとがた》からぬけてほかのものに憑依《ひょうい》することも、外の世界と自由につながることもできぬ。

ただ、濃姫《のうひめ》様は一度はお役目を果たされた女雛《めびな》である。であれば、内側にわずかにでもその力が残っている可能性《かのうせい》はある。その力で女の子《めこ》に声をとどけることができれば……。

「あの～タヨ殿《どの》～」

スズが語尾《ごび》をのばして口をはさむ。

「なんじゃ」

「それって～、ここに～、女の子《めこ》が来なければぁ、無理ではございませぬか～」

そうなのだ。この場からはなれることができぬということは、この場へ、姫《ひめ》様の声がとどく感受性《かんじゅせい》のするどい女の子《めこ》が現《あらわ》れねば話にならぬ。

「スズ殿《どの》」

イサがたしなめると、スズは口をとがらせた。

「なにさ、おりこうさん。だからあんたはつまんないのよ」

「これこれ、スズ殿《どの》そのようなことを」

右大臣があいだに入ると、スズは愛きょうのある瞳《ひとみ》にうっすら涙《なみだ》をうかべた。

泣きたいのはイサのほうではないかと、タヨはスズをにらんだ。

「いいですよ、どーせ、どーせ、わたくしはだめな官女《かんじょ》ですよ、いけない女ですよ」

「そのようなことではございませぬ、スズ殿《どの》はお美しいし」

あわててとりなす右大臣のことばに、スズはとたんに笑顔になり、「美しいなどと」と、ほおを赤らめる。それを見ていた濃姫《のうひめ》が突然《とつぜん》ゲラゲラ笑いだした。

おかしくておかしくてたまらない、というように、腹《はら》をかかえて笑っている。

みながおどろいたように濃姫《のうひめ》を見た。

「ひ、姫様《ひめ》、あの」

「おかしいのぉ、そなたたちは。そうじゃな、そなたたちを幸せにするのも、わらわのつとめじゃ」

そういうと、すっくと立ちあがり、両の手を腰《こし》にあてた。

「決めた」

「姫《ひめ》様なにを?」

「女《め》の子《こ》など、そもそもだれでもよいのじゃ」

「し、しかし姫《ひめ》様、姫《ひめ》様のお声がとどかなければ」

タヨがいうと、濃姫《のうひめ》はにんまりと笑みをうかべた。

「わらわをなんだと思うておる」

「……太郎右衛門殿《たろうえもんどの》がお作りになった」

「そうではない。わらわは、濃姫《のうひめ》である」

……それが、どうしたというのだろう。

混乱《こんらん》するタヨたちをしり目に、濃姫《のうひめ》はあごをあげた。

「わらわは、明日、ここに最初に現《あらわ》れし女《め》の子《こ》を見守ることとする」

# 桃花町《とうか》 ——— 由良《ゆら》

ごご、ごごごご、ごご、ごごごご。

奇妙《きみょう》な物音で由良《ゆら》は目をさました。となりで結子《ゆうこ》が鼻までふとんをかぶってねむっている。

由良《ゆら》はかけぶとんの上に広げてあるフリースのカーディガンをはおり、そっと起きだした。カーテンをめくると、外はまだ暗い。

ぽつ、ぽつ、と遠くに小さなあかりが見える。家のあかりだろうか？　時計に目をやると、五時少し前だった。

ドアのむこうから食器の音や足音が聞こえる。

おばあちゃん、もう起きているのかな？

母を起こさないようにそっと部屋を出る。廊下《ろうか》の空気はキンと冷え切っていて、いっぺんに眠気《ねむけ》はふき飛んだ。

「あら、早いのね。おはよう」

台所のとびらをあけると、清子《きよこ》の声がした。

ふわっとあたたかい空気に包まれて、肩《かた》の力がぬける。

「おはようございます」

「寒くなかった？」

こくんとうなずきながら、由良《ゆら》は一度、くしゃみをした。「あらあら」と清子《きよこ》はしわの入った目じりを下げて、「こたつに入ってなさい」と背中《せなか》をおした。

居間《いま》のこたつには慶吾《けいご》がいた。大きな湯のみを両手で包むようにしながら、新聞に視線《しせん》を落としている。

由良《ゆら》が入っていくと、老眼鏡《ろうがんきょう》をかけたまま顔をあげた。

「おはようございます」

あわてていうと、慶吾《けいご》は笑いながら、「おはようさん」と、答えた。

よかった、おじいちゃんおこってない。

昨日《きのう》、夕食のときにとちゅうで席を立った祖父《そふ》のことが、ずっと気になっていた。

由良《ゆら》がこたつに足を入れて、新聞をめくる祖父《そふ》の手もとを見ていると、慶吾《けいご》は手を止めて眼鏡《めがね》をはずした。

「どうした?」

ううん、とかぶりをふる。

慶吾《けいご》が由良《ゆら》の顔をのぞきこんだ。

思いがけずやさしい祖父《そふ》の目にどきりとする。

「あのね、新聞、早いんだなって思って」

すると慶吾《けいご》は苦笑して「今日の朝刊《ちょうかん》はまだだ。これは」と、日付に視線《しせん》を動かした。

昨日《きのう》の日付。

「おかしいでしょ、おじいちゃんって」

清子《きよこ》が、「あたたまるよ」と、梅干《うめぼ》し入りのほうじ茶を由良《ゆら》の前においた。

「おじいちゃんはね、毎朝一日前の新聞を読んでいるのよ。ちょっと待っていれば、今朝《けさ》の新聞が来るのにね」

「昨日《きのう》も今日も、そう変わらん」と、慶吾《けいご》は老眼鏡《ろうがんきょう》をかけなおして新聞に目を落とした。

梅干《うめぼ》し入りのほうじ茶をずずっと飲む。ほのかにしょっぱいお茶は、この家の朝によく似合《にあ》っていると由良《ゆら》は思った。

窓《まど》の外がうっすら明るくなってきた。朝もやに、すーっと光がさす。庭先からスズメの声が聞こえてきた。

「学校はだいじょうぶなの」

「宿題が出てるの。それをやりなさいって」

「そう」

ここへは学校を休んで来た。

担任《たんにん》の先生は、二週間以上も学校を休むということにいい顔はしなかった。けれど、「だめなら、一度転校させます」という結子《ゆうこ》に、しぶしぶ欠席を認《みと》めた。それでも、「親御《おやご》さんの都合でふりまわすのは、お子さんにとっては、あまりいいこととは思えませんが」とねばる先生に、「たまには理不尽《りふじん》なことを経験《けいけん》するのも社会勉強になると思うんですよ」と、結子《ゆうこ》はケロリといってのけた。

「おはようございます」

パジャマにカーディガンをはおって結子《ゆうこ》が居間《いま》に入ってきた。

「おはよう、よくねむれた？」

「ええ。それにしてもあいかわらず早いのね。由良《ゆら》まで起きているんだから、おどろいちゃった」

「音がしたから」

「音？」

「ごごごって」

ああ、と清子《きよこ》がうなずいた。

「雨戸をあける音ね。うるさかった？」

「ううん、でも、なんの音かな？　って」

「アパートには、雨戸ないからね」

結子《ゆうこ》はなんでもないことのようにいって、お茶をいれた。

朝はコーヒーを飲まないと目がさめないといっている結子《ゆうこ》が、あたりまえのようにお茶を飲んでいるのが由良《ゆら》には不思議だった。


炊《た》きたてのごはんと豆腐《とうふ》とわかめのみそ汁《しる》、大根のぬか漬《づ》けとアジのひらきに納豆《なっとう》。

朝からいろいろなものがこたつの上に並《なら》んだ。まるでドラマのなかの朝ごはんみたいだ。

由良《ゆら》の朝食はトーストと目玉焼き、それにトマトジュースか牛乳《ぎゅうにゅう》が定番で、結子《ゆうこ》はパッとそれをテーブルに並《なら》べると、仕事に行く準備《じゅんび》をしながら、自分はマグカップになみなみそそいだコーヒーを飲む。

母の朝食はいつもコーヒーだ。

「お母さんおなか空かないの？」と、聞くと、「朝食べるとからだが重くなるからいいの。由良《ゆら》は食べなきゃだめよ」といっていた。

なのに、今朝《けさ》は用意されたものをペロリと平らげている。そんなことをボーっと考えていたら、「由良《ゆら》」と、注意された。

つるりとした客用の塗《ぬ》りばしは、由良《ゆら》の手には長めで、もちにくかった。それでなくても苦手な魚を食べるのにずいぶん時間がかかってしまった。

朝食が終わると結子《ゆうこ》は部屋にもどり、化粧《けしょう》ポーチをもって姿見《すがたみ》の布《ぬの》をめくった。

「あっ」

「覚えてた？」

清子《きよこ》がうれしそうにいう。

「もちろんよ。お母さんの嫁《よめ》入り道具よね。わたしが中学生のときにもらっちゃったの。ここ、この赤いガラス玉がはめこんであるのがかわいくって」

結子《ゆうこ》はなつかしそうな顔をした。

木製《もくせい》の姿見《すがたみ》の上部に花が彫《ほ》られている。その真ん中にドロップほどの大きさの、真紅《しんく》のガラス玉がはめこまれている。

「もう少しゆっくりしていけばいいのに」

「明日の準備《じゅんび》がまだできてないのよ」


仕事を依頼《いらい》されたとき、結子《ゆうこ》は「やります」と即答《そくとう》してから、由良《ゆら》をどうするかで二日のあいだ悩《なや》み、桃花町《とうかちょう》に住む母親に電話を入れた。

——十六日間、娘《むすめ》をあずかってください——

十一年前、地元の短大を出て、家出同然で東京に出てきてから、親に頼《たの》み事をするのも、頭を下げるのも、初めてだった。

結子《ゆうこ》はひとりで由良《ゆら》を産み、未婚《みこん》の母になった。そんな娘《むすめ》を慶吾《けいご》は許《ゆる》そうとせず、結子《ゆうこ》もまた、父に許《ゆる》しを請《こ》う必要などないとつっぱねてきた。

それでも一度、母の清子《きよこ》に説得されて、由良《ゆら》が保育園《ほいくえん》のときに実家へ帰った。そんな結《ゆう》子《こ》を、夜おそく帰ってきた慶吾《けいご》は、なにもいわず家から追いだした。

以来、一度も帰っていなかった。

清子《きよこ》は、娘《むすめ》をあずかってほしいと電話をかけてきた結子《ゆうこ》に理由をたずねることもせず、頼《たの》みを聞き入れた。


結子《ゆうこ》は鏡ごしに清子《きよこ》を見て、それからからだをむけた。

「お母さん、由良《ゆら》をお願いします」

そういって少してれたように笑い、鏡にむきなおった。

「お茶わん洗《あら》ってくるね」

由良《ゆら》はそういって部屋を出ると、小さく息を整えた。

二週間とわかっていても、祖父母《そふぼ》をやさしい人たちだと感じていても、由良《ゆら》は不安だった。お母さんとはなれたくない……。そんなわがままはいってはいけないとわかっていても。そばにいると、思いがこぼれてしまいそうだった。

だいじょうぶ、わたしはだいじょうぶ。

心のなかで何度もとなえて、今度は大きく息をすいこんだ。ふと外を見ると、柿《かき》の木に立てかけた脚立《きゃたつ》の上で、祖父《そふ》が枝《えだ》にはさみを入れていた。

由良《ゆら》が外に出ると慶吾《けいご》は手を止めずに一度視線《しせん》を送り、「柿《かき》は、寒い時期に、のびた枝《えだ》を落としてやると元気になるんだ」といった。

チーチチチ。

畑の上を、スズメより大きな鳥が一羽《わ》飛んでいった。

結子《ゆうこ》が玄関《げんかん》から出てきた。柿《かき》の木の下にいる由良《ゆら》を見つけて、おいでと手招《てまね》く。

「三月四日にむかえに来るからね」

「うん。お母さん、がんばってね」

「ありがとう。ねえ由良《ゆら》」

「なに?」

「……だいじょうぶ?」

こくりとうなずいて、奥歯《おくば》に力を入れる。

結子《ゆうこ》は由良《ゆら》をきゅっとだきしめた。

鼻のおくがツンとする。

こんなときにやさしいことをいうなんて、だきしめるなんて、ずるいよ、お母さん。いつもみたいに、からっと笑って、行ってくるねと背筋《せすじ》をのばして手をふってくれればいいのに。


「二週間なんてあっという間だから」

結子《ゆうこ》のことばにもう一度由良《ゆら》はうなずいた。

畑のむこうからタクシーが来る。

「お父さん、由良《ゆら》をよろしくお願いします」

結子《ゆうこ》はそういうと、タクシーに乗りこんだ。


朝が早かったせいか、一日がやけに長く感じた。由良《ゆら》は昼までに国語のプリントを三枚《まい》と漢字の練習、算数と社会のテキストを二ページずつ終わらせて、午後は苦手な理科のプリントをこなした。

勉強をしていると、ほかのことを考えなくていい。それが今はありがたかった。でもこの勢《いきお》いでやっていたら、宿題をすべて終わらすまでに一週間もかからないだろう。宿題が終わったら、なにをしよう。

そんなふうに思って、ふっと笑った。

宿題が終わったらどうしようなんて、思ったこともなかった。

うーんとのびをしてばたりと横になる。と、目の前にぬっと祖父《そふ》の顔が現《あらわ》れた。

「わっ」

由良《ゆら》の声に慶吾《けいご》はわずかにまゆをあげ、「出かけるぞ」と、部屋を出ていった。

出かける？　どこへ？　わたしも行くの？　わけがわからないまま、由良《ゆら》は勉強道具を部屋におきに行った。部屋には母と入れちがいでとどいたダンボールがひとつ、おいてあった。その上にテキストやプリントをのせて、コートをはおった。

プップー。

外からクラクションの音が聞こえる。

あわてて部屋を出ようとして、コートのすそがダンボールをかすめた。勉強道具が床《ゆか》に散らばる。

ああもう……、由良《ゆら》は一瞬《いっしゅん》足を止めたけれど、祖父《そふ》を待たせていると思うと気が急《せ》いて、そのまま部屋を出た。

「おばあちゃん行ってきます！」

助手席のドアをあけると、慶吾《けいご》はたばこの火をもみ消した。

「どこに行くの?」

「松《まつ》さんの店だ」

松《まつ》さんの店といわれても、当然のことだが由良《ゆら》にはピンとこない。だまって窓《まど》の外をながめていると、慶吾《けいご》は「種いもを頼《たの》んであるから、それをとりに行く」といい、「明日じゃがいもを植えようと思ってな」とつけ加えた。

カチャ。由良《ゆら》のシートベルトが音を立てると、慶吾《けいご》はサイドブレーキを下げた。

トラックは、ウインウインとエンジン音をひびかせながら山道をぬけていった。

昨日《きのう》の駅を通り越《こ》して少しすると車の通りが多くなる。といっても東京とは比《くら》べものにならない程度《ていど》の交通量だ。

「ここらが町で一番にぎやかだ」

トラックを商店街の手前にある空き地に止めてエンジンを切った。

「行くぞ」

車をおりると、あたたかい風がほおをなでた。

慶吾《けいご》が空を見あげる。

「今日あたり、ふくかもしれんな」

商店街はアーケードになっていて、入り口には「桃花《とうか》町　大ひな祭り」と書かれた横断《おうだん》幕《まく》が掲《かか》げられていた。

アーケードの中央広場には、大きなひな壇《だん》いっぱいにおひなさまが飾《かざ》られている。その数は、五百を超《こ》えると手前に立てられているパネルに書いてある。それ以外にも、軒《のき》を連ねる店の一軒《けん》一軒《けん》に、愛らしいひな人形が飾《かざ》られていた。

目を丸くしている由良《ゆら》に、慶吾《けいご》は得意そうに鼻を動かした。

「三月三日まで、ここはひな祭り一色だ」

由良《ゆら》は写真館の店先で立ち止まった。梅の家紋《かもん》の入った着物をまとった女雛《めびな》ときりりと口を結んだ男雛《おびな》が仲良く並《なら》んでいる。

「わしはその松《まつ》さんの店に行ってくるが、このへんの人形を見ていてもいいぞ」

「そうする！」

由良《ゆら》はむかいにある金物屋へかけていった。

商店街に飾《かざ》られているおひなさまは大きさも、着物も、顔も、みんなちがうけれど、どれも幸せそうなやわらかな表情《ひょうじょう》をしている。耳をすませると、どこからか、おひなさまのかわいらしい笑い声や、鼓《つづみ》の音が聞こえてくるようだ。

「かわいいおひなさんでしょ」

おそうざい屋さんの前にいると、頭に白い三角きんをかぶったおばさんが由良《ゆら》に声をかけた。

こくんとうなずくと、おばさんはうれしそうに笑い、ゆっくり見てってねといってなかへ入っていった。


「由良《ゆら》」

顔をあげると慶吾《けいご》が茶色い袋《ふくろ》をかかえて立っていた。

慶吾《けいご》は店のなかにかかっている時計を見て肩《かた》をあげた。

「もうこんな時間か、松《まつ》さんは話が長いからなあ。退屈《たいくつ》してたんじゃないか？」

ううんと由良《ゆら》が首をふると、慶吾《けいご》はそうかとうなずいた。

「あまいもんでも食べていくか？　そこの和菓子屋《わがしや》はなかなかうまい」

「おじいちゃん」

「ん？」

「あのね、あの、わたし、駅のおひなさまを見に行きたいの」

慶吾《けいご》はそうか、とほほえむと、大きな手を由良《ゆら》の頭においた。

## 春一番――――濃姫《のうひめ》

カーアカーア。

太陽が西へかたむきはじめた。一時間前に上り列車が行ってから、ひとりとして姿《すがた》を見せていない。

〈ひまじゃの〉

ぼそりとつぶやく濃姫《のうひめ》のことばが、タヨの内にひびいた。

〈そうでございますね。しかしこれは今日にかぎったことではございませぬが〉

タヨは濃姫《のうひめ》にことばを飛ばした。

姫《ひめ》様は朝から背筋《せすじ》をのばし、口もとをきりりと引きしめてすわっている。数年ぶりに見る典雅《てんが》な姿《すがた》に殿《との》はだらしなく目じりを下げ、いつにもましてほうけた面《つら》をしている。

ところが、午前中駅にやってきたのは大きなかごを背負《せお》った行商の老女と、背広《せびろ》を着た男が三人、それだけだった。町の多くの者はバスを使ってとなり町へ行き、そこから列車に乗るのだと仕丁《しちょう》たちがいっていたことを思いだした。

ならばいっそのこと、こんな駅などなくしてしまえばいいのに。そうすれば、われらもここにとどまらずにすむではないか。

タヨは小さく舌《した》を打った。

大事な姫《ひめ》様に、身代わりなどさせたいわけではないのだ……。

チーチチチ。

〈だれぞまいります〉

右大臣の声がとどいた。

外のようすは、鳥の声、虫の羽音《はおと》ひとつでうかがい知ることができると右大臣はいう。この場所では昼間に護衛《ごえい》の仕事が必要になることはまずない。しかし右大臣は常《つね》に神経《しんけい》をはりめぐらしている。まったく実直な男なのだ。

ほどなくしてブウウンウンウンという音がして、バンッと車の戸をしめる音がした。御所車《ごしょぐるま》や駕籠《かご》とはちがい、けたたましい。

〈来る〉

タヨは身がまえた。

日の光を背中《せなか》に受けて、人の形がうかびあがった。女の子《めこ》なのか男の子《おこ》なのかは、まだわからない。しかしからだの大きさからすると、子どもであることはまちがいないようだ。

タヨは上段《じょうだん》に意識《いしき》を飛ばしてみる。静かなほほえみをたたえている姫《ひめ》の姿《すがた》が目の前に映《うつ》しだされた。

つやめいた風情《ふぜい》、においたつばかりの美しさに思わず息をのんだ。

〈タヨ、あれは女の子《めこ》か〉

〈は、はい〉

濃姫《のうひめ》の声に、意識《いしき》を前へむけた。

目をこらす。

〈姫《ひめ》様、女の子《めこ》でございます！〉

とっ、とっ、と靴《くつ》を鳴らして駅舎《えきしゃ》へ入ってきた。

肩《かた》にかかるやわらかそうな髪《かみ》。うす桃《もも》色のほお。まっすぐな瞳《ひとみ》。

〈んん、この女の子《めこ》は……。〉

女の子はひな壇《だん》の前で立ち止まり、濃姫《のうひめ》を見あげるようにかかとをあげた。

〈姫《ひめ》様、いかがしたのですか〉

〈……〉

〈姫様《ひめ》っ〉

〈タヨ、静かにいたせ、女《め》の子《こ》がなにかいっておる〉

〈女《め》の子《こ》が？　なんと？〉

〈しっ！〉

「よかった」

〈！〉

「おひなさま、元気になったんだね」

女の子はほうっとやさしい息をついてほほえんだ。

〈タヨ、この女《め》の子《こ》はなんじゃ、これでは立場が逆《ぎゃく》ではないか、わらわが女《め》の子《こ》に見守られてどうする〉

た、たしかに。いや、そうであっては困《こま》る。

〈姫《ひめ》様、お声をおかけください〉

〈ムリじゃ、ムリムリ〉

〈姫《ひめ》様、姫《ひめ》様ならできます。さあ早く〉

左大臣もいう。

〈姫《ひめ》様〉

〈姫《ひめ》様〉

〈姫《ひめ》様ぁ〉

〈ええーい、どうなっても知らぬぞ〉

濃姫《のうひめ》が息をすいこんだとき、外でクラクションが鳴った。女の子は「さよなら」と背《せ》をむけた。

——待て！

女の子の足が止まった。いぶかしげにあたりを見まわしている。

——ここじゃ。

声のほうに女の子の顔がゆっくり動く。

「お、ひな、さま」

女の子は声をふるわせた。

ごおおおおおおお！

カラン、カラン。

強い風がふきつけ、外にあるゴミ箱が倒《たお》れて空き缶《かん》が転がる。ばたんばたんと看板《かんばん》が壁《かべ》を打ち付け、建物がぎしぎしと悲鳴をあげた。

——本日ただいまより、わらわがそなたの身代わりをつとめよう。

あとずさる女の子のスカートが、大きくひるがえる。

こつんと床《ゆか》の上にぼんぼりが落ち、それを女の子が目で追う。顔がわずかに下をむいた。

ぽっ。

床《ゆか》の上のぼんぼりがともる。

濃姫《のうひめ》のからだがわずかに動く。

ゆらり。

——そなたの厄《やく》、わらわが引き受ける。

濃姫《のうひめ》の内側から白い光がはなたれた。

「あっ！」

女の子が手をかざし目をとじる。

プップップー。

クラクションの音に、女の子はぴくんとからだをゆらし、きびすを返した。

〈姫様《ひめ》、すばらしい！〉

〈おみごとでございます〉

左大臣と右大臣はそういって鼻をふくらませ、五人囃子《ばやし》の面々は今にも陽気な音楽を奏《かな》でそうな勢《いきお》いで楽器をにぎった。スズとイサは興奮《こうふん》して顔を赤く染《そ》め、仕丁《しちょう》は祝いじゃ祝いじゃとささやきあっている。

〈うちの姫《ひめ》はさすがじゃのう〉

殿《との》がひかえめにほめたたえている。

当の本人はというと……。先ほどまでのあの品格《ひんかく》ある女雛《めびな》とは思えぬ風情《ふぜい》で、

「いってしまったのー、引き受けてしまったのー、いやじゃのー」

と、何度もため息をついていた。

## 契《ちぎ》り————————由良《ゆら》

うそ、うそうそ。
由良《ゆら》は助手席に飛び乗ると、急いでドアをしめてからだをかたくした。
人形が、しゃべった。ちがう、そんなはずない。聞きまちがいに決まってる。

——そなたの厄《やく》、わらわが引き受ける。


かぶりをふる。

あれは風の音、空耳、気のせい。

「どうした。すごい風だったなあ」

慶吾《けいご》はハンドルに両腕《うで》をかけて外に目をやり、「春一番だ」と笑った。

行かなければよかった……。

駅になんて行かなきゃよかった。

なんで、おじいちゃんにこんなことを頼《たの》んだんだろう。

由良《ゆら》は車のなかから、駅舎《えきしゃ》をふりかえってふるえた。

赤信号で止まると、慶吾《けいご》はたばこに火をつけた。窓《まど》を二センチほどあけて、フーと煙《けむり》をはく。青信号に変わり、再び車を走らせたところで、「由良《ゆら》」と声をかけた。

「あ、はい」

「ダッシュボード、あけてみなさい」

そういいながら、ハンドルを大きく右にまわす。

由良《ゆら》はまだふるえの止まらない手を一度ぎゅっとにぎり、「ここ?」と、目の前を指さした。慶吾《けいご》がちらと見てうなずく。

つまみを引くと、なかには地図や布《ぬの》きれ、ガラスクリーナーと書かれたスプレー缶《かん》がぎっしりつまっていた。

「包みがあるだろ。由良《ゆら》にだ」

なかをのぞきこむと、地図と布《ぬの》きれのあいだに鶴《つる》の模様《もよう》の入った細長い包みがあった。とりだして祖父《そふ》を見る。

「あけていい？」

少しおこったような顔で慶吾《けいご》はうなずいた。

由良《ゆら》は祖父《そふ》のようすをうかがいながら、無造作《むぞうさ》にはられたセロハンテープを指先でめくった。袋《ふくろ》ごしに細長いものが手にふれる。袋《ふくろ》を逆《さか》さまにすると、スカートの上に赤いはしがすとんと落ちた。

「客用を使っているわけにもいかんだろう」

ぶっきらぼうにいう慶吾《けいご》の顔が、ほんのり桜色《さくらいろ》に染《そ》まっている。

赤い塗《ぬ》りに小鳥の模様《もよう》のついたはしはとてもなめらかで、由良《ゆら》の手にしっくりなじんだ。

「ありがとう」

「ん」

母にこたえるときと同じ「ん」だけれど、それは由良《ゆら》の耳にやさしくひびいた。


家に着くと玄関《げんかん》の鍵《かぎ》がしまっていた。慶吾《けいご》は何度か呼《よ》び鈴《りん》をおして首をひねったあと、庭にまわって、縁側《えんがわ》の下にはりつけてある鍵《かぎ》をとった。

家のなかはシンとしていた。

「おばあちゃん、どこに行ったのかな」

「……買いものにでも、行ったんだろう。そのうち帰ってくるから心配することはない」

それが祖父《そふ》の本心でないことは、由良《ゆら》にもわかった。

昨日《きのう》来たばかりの由良《ゆら》に、ここでの生活のなにがふつうで、なにがふつうでないかはよくわからない。それでも、なにか、どこかおかしい。

台所へ行くと、じゃがいもが水にさらしたままになっていて、まな板の上には包丁が無《む》造作《ぞうさ》にのっている。

ボーン、ボーンと時計が六回鳴った。

がちゃっ。

玄関《げんかん》から聞こえた音に由良《ゆら》が部屋を飛びだしていくと、玄関《げんかん》先で清子《きよこ》が体格《たいかく》のいい女の人に支えられるようにして立っていた。

「どうしたんだ」

慶吾《けいご》が由良《ゆら》のうしろからおどろいたようにいうと、清子《きよこ》は苦笑した。

「ちょっと転んだだけなのよ。腰《こし》を打っちゃって」

「二、三日寝《ね》ていればだいじょうぶですって」

清子《きよこ》を支《ささ》えている女の人が、愛きょうのある笑みをうかべていうと、清子《きよこ》は「いたたっ」と、少し顔をしかめながら、あがりかまちに腰《こし》をおろした。

「香奈《かな》ちゃんありがとうね」

「ううん、ぜんぜん」

香奈《かな》と呼《よ》ばれた体格《たいかく》のいい女の人が口角をあげたところで、玄関《げんかん》が勢《いきお》いよくあいて、背《せ》の高い女の子が入ってきた。

「清《きよ》さん、カバン忘《わす》れてるよ」

「あら、本当。だめねぇ、うっかりで。これだから転んだりするのよね。ありがとう、敦《あつ》美《み》ちゃん」

敦美《あつみ》と呼《よ》ばれた女の子は、由良《ゆら》を見て少しおどろいたような顔をして、「はい」と清子《きよこ》のカバンを由良《ゆら》に差しだした。

「あ、ありがとう」

礼をいうと、敦美《あつみ》は香奈《かな》という女の人とそっくりな笑顔を見せた。

「そうだ、紹介《しょうかい》しておくわね。この子は結子《ゆうこ》の娘《むすめ》の」

「由良《ゆら》ちゃん!?」

「あら、香奈《かな》ちゃん知ってた？」

「おばさんってば、あたりまえでしょ。あたしと結子《ゆうこ》は幼《おさな》なじみですからね。っていっても最近は年賀状《ねんがじょう》のやりとりしかしてないんですけど」

そういって香奈《かな》は舌《した》を出した。

「じゃあ、わたしたちはこれで」

「茶でも、飲んでいかんか」

慶吾《けいご》が不器用にいうと、香奈《かな》は「また今度おじゃまします」と笑い、玄関《げんかん》のドアをあけた。

「あ、じゃああれを」

慶吾《けいご》はふたりを追って外に出て、新聞紙でくるんだ大きな白菜をわたした。

「おばあちゃん」

そっと由良《ゆら》が清子《きよこ》の腕《うで》をにぎる。

「心配かけちゃって、ごめんね」

由良《ゆら》が清子《きよこ》のふとんを敷《し》いて居間《いま》にもどると、ふすまのむこうから祖父《そふ》の声が聞こえた。

「まったく、転ぶなんて」

「すみません。情《なさ》けない話なのよ。流しの電球が切れちゃったんでね、買いおきをと思って、結子《ゆうこ》の部屋へ行ったんです」

「由良《ゆら》の部屋だ」

「あ、はい、そうですね。由良《ゆら》ちゃんの部屋。うす暗かったけれど、電気をつけずに部屋に入って、それですべっちゃって」

由良《ゆら》の心臓《しんぞう》がどくんとなった。

「すべった?」

「ええ、紙が落ちていて。気づかずにふんでしまったんです。あぁ、でも由良《ゆら》ちゃんにはいわないでくださいよ。わたしがドジをしただけなんです。あの子が自分のせいだなんて思ったらいけませんからね」

「あたりまえだ」

慶吾《けいご》はそういって、「だいたいおまえが横着《おうちゃく》をするからだ」と鼻を鳴らした。

「由良《ゆら》、まだ寝《ね》んのか?」

「ううん、もう寝《ね》る」

由良《ゆら》はテレビのスイッチを消して、「おじいちゃん」と、顔をむけた。

「あのね、おばあちゃんのけが」

「ん?」

「……ううん、おばあちゃんにおやすみっていってくるね」

ごめんなさい、ごめんなさい。わたしがプリントを散らかしたままにしていたから。

部屋の前で声をかけて戸をあけると、祖母《そぼ》は寝息《ねいき》を立てていた。

「おばあちゃん」

「ごめんなさい」

小さな声でそういうと、少しだけ気持ちが軽くなった。

台所にいる祖父《そふ》に「おやすみなさい」といって部屋に入り、ふとんにもぐりこんだ。

枕《まくら》もとにあるスタンドのひもを引くと、とたんに闇《やみ》になる。目をあけているのに、どこもかしこも真っ暗で、自分も消えてしまうような気がして不安になる。

ぎゅっと目をつぶると、目の裏《うら》がちかちかした。

……だめ、ねむれない。

目をひらく。六畳《じょう》のこの部屋は、もともと母の部屋だったというけれど、今は部屋のすみに姿見《すがたみ》があるだけで、がらんとしている。しばらくすると、闇《やみ》のなかに部屋のりんかくが見えてきた。カーテンのすきまから、月あかりが差しこむ。うっすら部屋が明るくなり、天井《てんじょう》の木の模様《もよう》やシミが見えるようになった。

あの模様《もよう》はオオカミ、こっちのシミはヘビが舌《した》を出しているみたい。そのむこうは、ざんばらの髪《かみ》をしたお侍《さむらい》さん……。

どうしてだか、天井《てんじょう》に見えるものは由良《ゆら》がこわいと思うものばかりだった。

手の甲《こう》をきゅっとつねって、もう一度天井《てんじょう》を見る。

あ、あのシミ、お人形さんみたい。ふっ、と夕方のことを思いだして、首もとが寒くなった。

そのとき、顔のそばで耳ざわりな音がした。

うぅーううう。

ぶうんぅーううう。

虫の羽音《はおと》。

いやだな……。

どこにいるのだろうと、スタンドに手をのばした。目をこらすと、天井《てんじょう》から下がっている電気のかさにハエがとまっていた。ぽつっと黒い小さなほくろのように見える。

そっと起きだして窓《まど》をあけた。

ひゅうとさすような冷たい風がふきこんでくる。

「寒いから早く、出ていって」

母が忘《わす》れていった新聞を手にハエをあおったけれど、ハエは部屋のなかをぐるぐると旋《せん》回《かい》するばかりで、いっこうに出ていこうとしない。今度はカーテンにとまって、足をこすりあわせている。

「出ていかないならたたくよ」

そういって新聞紙を丸めて、カーテンをたたいた瞬間《しゅんかん》、「ひっ」と、奇妙《きみょう》な音がしてハエがよろよろと窓《まど》わくにとまった。

「ほら、外に行って」と、新聞紙をそっと動かした瞬間《しゅんかん》、由良《ゆら》は息をのんだ。

窓《まど》ガラスに、あの駅舎《えきしゃ》の女雛《めびな》が映《うつ》っている。

「きゃっ」

新聞紙をほうり投げて、しゃがみこんだ。

こわい……。

頭をかかえてぎゅっと目をとじる。

うそ、いやだ。

「おもてをあげよ」

駅舎《えきしゃ》で聞いた、あの声。

「なにをしておるのじゃ」

耳もとでささやく声に思わず顔をあげると、窓《まど》のさんにとまっているハエが足をこすりあわせていた。

「鏡をもて」

ハエが、しゃべった。

ハエのことばには、どこか有無をいわせぬ強さがあった。

こわくて仕方がないのにいわれるまま、由良《ゆら》は姿見《すがたみ》の布《ぬの》をめくった。ハエがそこにとまる。と、鏡のなかに女雛《めびな》が現《あらわ》れた。

月見団子《だんご》のような丸い顔に、すずしげな目もと。低い鼻に小さな朱色《しゅいろ》の口。どこかのんきそうな、愛きょうのある顔立ちをしている。

「駅の、おひなさま」

女雛《めびな》はこほんとせきばらいをしてうなずき、「濃姫《のうひめ》じゃ」と、やけに気取った口調でいった。

「そなた、名はなんともうす」

「わたし？」

「ほかにだれがいるのじゃ」と細い目をさらに細める。

「由良《ゆら》、宇佐美由良《うさみゆら》」

「では由良《ゆら》。念のためにひとつたずねる。そなたには、その、身代わりはおるか？」

「身代わり」のところだけ、わずかに小声になっている。

「身代わり？　身代わりって」

由良《ゆら》は小さく首をかしげた。

「ふん、最近の女《め》の子《こ》はどうなっておるのじゃ。いや、それともそなたがあほうなのか」

女雛《めびな》は愛きょうのある見た目とはちがって、口が悪かった。

「では、もう一度たずねる。そなたは女雛《めびな》をもっておるか」

由良《ゆら》がかぶりをふる。

「おひなさまは、もっていないけど」

そのことばに濃姫《のうひめ》はほっとしたような、がっかりしたような複雑《ふくざつ》な表情《ひょうじょう》をうかべた。

「まあ、そなたはわらわのもうし出を受け入れたのだから、当然のことではあるがな」

「もうし出って、わたしなにも」

濃姫《のうひめ》は、はんっと鼻を鳴らして由良《ゆら》を見た。

「駅舎《えきしゃ》で、わらわがもうしたときに、うなずいたではないか」

「うなずいた？」

記憶《きおく》をたどってみる。たしか、駅舎《えきしゃ》から出ていこうとしたときに声がして、そうしたらぼんぼりが落ちて……。

あっ、もしかしたら、落ちたぼんぼりを見たときに。

「あのね、あれはそういう意味じゃ」

「意味などどうでもよい。わらわがこうして、ここにいるということは、あのときたしかに契《ちぎ》りをかわしたということじゃ」

そういうと濃姫《のうひめ》はあぐらをかいてすわった。

「よいか、一度だけ説明をしてやろう」

濃姫《のうひめ》は扇《おうぎ》を肩《かた》にあててぱちぱちやりながら話しだした。そのとき、がたっと物音がした。台所のほうからだ。

由良《ゆら》はおもわず姿見《すがたみ》の布《ぬの》を引いた。息を止めるようにして耳をすませていると、トイレの水を流す音が聞こえた。

ほっとして姿見《すがたみ》に視線《しせん》をもどすと、布《ぬの》の一部が、ぴょこんぴょこんと動いている。なかでハエがあばれているのだろう。あわてて布《ぬの》をめくると、鏡のなかの濃姫《のうひめ》が不服そうな顔でにらんだ。

「髪《かみ》が乱《みだ》れるではないか」

「だれか来ると思ったから」

濃姫《のうひめ》は深いため息をつき、「なにも知らぬのじゃな」と、どかりと腰《こし》をおろした。

「この姿《すがた》は、わらわが身代わりを引き受けた女の子《めこ》にしか見えぬ。それも鏡や静かな水面のように姿《すがた》を映《うつ》しこむものがなければ見えぬのじゃ」

由良《ゆら》にはなにがなんだか、まったく理解《りかい》できなかった。鏡に映《うつ》ったハエが女雛《めびな》に見えることも、女雛《めびな》が動いて話をしていることも、人形がこんなにいばっていることも。

それでも不思議と、こわいという気持ちは消えていた。

「ともかく、わらわの役目は、そなたの身代わりじゃ。よいか、くれぐれもめんどうをかけるでないぞ」

「あの」

「なんじゃ」

「どうしてわたしを？」

もっともな質問《しつもん》に、刹那《せつな》、濃姫《のうひめ》はことばをつまらせた。ここで本当のことをいってよいものかためらったのだ。由良《ゆら》の顔をじっと見る。

「では、そなたはなぜ、二度もわらわのところへおとずれたのじゃ」

「それは、元気がなかったから、おひなさま。でも今はちがう。すごく元気そう。元気すぎるくらい。それに今日駅で見たときは、すごくきれいだった」

「そ、そうか」

濃姫《のうひめ》はぽっとほおを赤らめた。

「うん。よかったって思って、帰ろうと思ったら……」

「声が聞こえた」

由良《ゆら》がうなずくと、濃姫《のうひめ》は低くうなった。そして、駅舎《えきしゃ》に飾《かざ》られているひな人形の苦難《くなん》について語りはじめた。

――――。


「おひなさまも大変なんだね。こわい目にもいっぱいあって」

「しかも、あそこはカビくさくてかなわぬ」

濃姫《のうひめ》はそういって一瞬《いっしゅん》肩《かた》を落とし、ポンとひざをたたいて顔をあげた。

「そこで、官女《かんじょ》のタヨが考えたのが、身代わりという方法だったのじゃ」

由良《ゆら》がうなずく。

「女の子《めこ》のすこやかなる成長を見守り、それをはばむものあらば、その災厄《さいやく》を引き受け、身代わりとなる。これが女雛《めびな》の宿命。……まったくもって、迷惑《めいわく》な話なのじゃ。されど女《め》雛《びな》としての役目を果たせば、功徳《くどく》があたえられるといわれておる。さすれば、もっと人の目につくよいところへと行けるはず、とな」

鏡のなかの濃姫《のうひめ》は、長い黒髪《くろかみ》を手でなでた。

「みなにも、長いことあのような場でさみしい思いをさせておるからのぉ」

そういったところで、廊下《ろうか》から足音が聞こえた。

由良《ゆら》はさっと鏡に布《ぬの》を引き、ふとんにもぐりこんだ。

コンコン。

「由良《ゆら》」

おじいちゃんだ。

静かにドアがひらいた。廊下《ろうか》のオレンジ色のあかりが部屋のなかに広がる。慶吾《けいご》は部屋のなかをぐるりと見まわして、「おやすみ」といって静かにドアをしめた。

あっ、おひなさま。

飛び起きて、鏡の布《ぬの》をめくると、鏡のなかで濃姫《のうひめ》が、髪《かみ》を乱《みだ》してうらめしそうな顔をしていた。

# 災厄《さいやく》——濃姫《のうひめ》

「きゃー！」

スズの金切り声に、かけつけたタヨは絶句《ぜっく》した。

「姫《ひめ》様、これはいったい」

しぼりだすようにいうと、濃姫《のうひめ》はばたりと倒《たお》れた。髪《かみ》も着物もひどくよごれている。

「姫《ひめ》様！　お気をたしかに。イサ、湯をもて、スズ、布《ぬの》を」

これはひどい。

よくも毎日……。

姫《ひめ》様が身代わりを引き受けて八日がたつ。が、ここのところ災厄《さいやく》続きだ。いったい由良《ゆら》殿《どの》というのはどのような女《め》の子《こ》なのだとタヨはいぶかっていた。さりげなく姫《ひめ》にたずねたこともあったが、濃姫《のうひめ》はうなるばかりで、はっきりしない。

女雛《めびな》は、厄《やく》を引き受ける直前、女《め》の子《こ》に起きた災《わざわ》いをかいま見ることができる。だから、姫様《ひめさま》は由良殿《ゆらどの》に起きたことは、すべて承知《しょうち》しているはずなのだ。

イサとスズがもってきた湯と布《ぬの》でよごれを落とし、クシで髪《かみ》をすき、香《こう》をたいた。

ハックション。

「姫様《ひめさま》、お気づきですか」

「わらわはどうなったのじゃ」

濃姫《のうひめ》はからだを起こしてあたりを見まわし、三度くしゃみをした。

「おお、ここはまるで天国じゃ、平和じゃのぉ」

そういって、ははっと、うすく笑う。

姫様《ひめさま》……。

「どうじゃ姫《ひめ》、具合は」

殿《との》がからだを小さくして心配そうにのぞきこむと、「殿《との》はのんきでよいのぉ」とため息をついた。

「それにいたしましても、今回はどうされたのですか」

タヨがたずねると、濃姫《のうひめ》は鼻をぶーっとかみ、ぶるりとふるえた。

「こんなについていない女《め》の子《こ》など、見たことも聞いたこともない」

濃姫《のうひめ》はイサの運んできた白酒を口にふくみ、

「だから、いやじゃといったのじゃ、身代わりは」と、うらめしげにタヨをにらんだ。

ハークション！　大きくひとつやり、鼻水をずるずるさせながら、ぽつりぽつりと話をはじめた。

「由良《ゆら》は今日、川に落ちた」

ハックション！

「まあ！　川に？　またなぜ」

「くだらぬことじゃ」

「くだらぬこと」

「川にはりだした木の枝先《えださき》にねこがいたのじゃ。それを見た由良《ゆら》は、木に登った」

「ねこをお助けになったのですね。なんとおやさしい」

「なにをもうしておる。ねこは気持ちよく昼寝《ひるね》をしておったのじゃ。それを往生《おうじょう》していると思いこんだ由良《ゆら》は枝《えだ》に登り、その枝《えだ》が折れて由良《ゆら》もねこも川のなかじゃ」

タヨは両の手を口もとにあてた。

「もしや、ねこは」

「幸い無事じゃ」

「それはよろしゅうございました」

「なにをのんきな！　落ちたのが浅瀬《あさせ》だったからよかったようなものの……。由良《ゆら》がおぼれでもしておったら、わらわは今ごろ」

おぞましいおぞましいと濃姫《のうひめ》はからだをふるわせる。

もしも女の子《めのこ》の命にかかわるようなことがあれば、女雛《めびな》はその身代わりとなる。今さらながら、大変なお役目を姫様《ひめさま》に課してしまったとタヨはゾッとした。

姫様《ひめさま》になにかあっては、なにもならぬではないか。身代わりは姫様《ひめさま》の幸せを願ってのことであったはずなのに……。

濃姫《のうひめ》は白酒を口にふくんで、足の裏《うら》をタヨの目の前にズンと出した。傷口《きずぐち》が膿《うみ》をもって腫《は》れている。

「まあひどい」

「由良《ゆら》がさびたクギをふんだのじゃ」

「なんという」

タヨは着物の袖《そで》で涙《なみだ》をぬぐった。

「ほかにもあるぞ」

「いえ。もうもう充分《じゅうぶん》でございます。姫様《ひめ》」

由良殿《ゆらどの》は川に落ちても病もわずらわず、さびたクギをふんでもかすり傷程度《きずていど》ですんだのだろう。それもすべて、姫様《ひめ》が身代わりとなってのこと。もちろんそれが女雛《めびな》にあたえられた使命なのかもしれぬ。けれど、このままではあまりにも姫様《ひめ》がおいたわしい。

タヨは、濃姫《のうひめ》に見られぬように、そっと涙《なみだ》をぬぐった。

「それにしてものぉ」

濃姫《のうひめ》はつぶやくと、四杯目《はい》の白酒を飲み干《ほ》して、ここ八日間のことを思いかえしてみた。

最初の身代わりは、契《ちぎ》りをかわしたよく朝のことだった。

祖母《そぼ》である清子《きよこ》が湯をわかしていると、由良《ゆら》が代わると手を出した。なんでも清子《きよこ》は腰《こし》を痛《いた》めておるようだった。清子《きよこ》はだいじょうぶだからといい、由良《ゆら》は代わるといい、なべの持ち手に由良《ゆら》のひじがあたり、なべがひっくりかえった。由良《ゆら》の右手に熱い湯がかかったのだ。

煮《に》えたぎる前だったからよかったようなものの、それでも熱かったのぉ。いまだにひりひりと痛《いた》む。

濃姫《のうひめ》は右の手に左手をあてた。

次はその日の夕刻《ゆうこく》のことだ。

道を歩いている由良《ゆら》に、うしろからふたつの輪のついた奇妙《きみょう》な車、たしか、自転車とかいうものがつっこんできた。それに気づいた由良《ゆら》は、身をひるがえした。まあ、ここまではよい。されど、そのあと由良《ゆら》は、溝《みぞ》に足をふみいれて足をひねった。わらわの足首に激《げき》痛《つう》が走り、着物のすそは泥《どろ》にまみれた。そのうえ由良《ゆら》は、自転車なるものに乗《の》った若者《わかもの》に「あぶねえ！」とどなられ、「ごめんなさい」などと口にした。

なんと、おろかな。

どこまでまのぬけた女《め》の子《こ》なのであろう。

しかしなにより腹立《はらだ》たしいのは、厄《やく》を受けるたびに目にする、由良《ゆら》の表情《ひょうじょう》だ。湯をこぼしても、足をひねっても、かすり傷程度《きずていど》ですんでいるはずなのに、泣きだしそうな顔で不安げになにかを探《さが》すようにしている。最初はどうしたのかといぶかしく思っていたが、ようやくわかった。

由良《ゆら》は、なにかあるたびにわらわを探《さが》している。

湯をこぼしたとき、偶然《ぐうぜん》、窓《まど》にわらわの姿《すがた》が映《うつ》った。熱い熱いとわめいているわらわを見た由良《ゆら》は、立ちつくし、苦しそうな顔をした。

なんとめんどうな……。

濃姫《のうひめ》は大きなため息をついた。


翌晩《よくばん》、からだじゅうのあちらこちらは痛《いた》むものの、なんとか心を整えようと濃姫《のうひめ》は左大臣と碁《ご》を打っていた。

「さあ、いかがいたしますかな」

ぱちりと打ったところで、左大臣がむふっと笑った。

「…………」

「姫様《ひめさま》？」

顔をあげると、濃姫《のうひめ》はなにやらむずかしい顔をして首をひねっていた。

「のぉ、左《ひだり》のおとどはどう思う？」

「そうでございますな、わたくしであれば次の一手は」

「なにをもうしておる。そうではない、由良《ゆら》のことじゃ」

「由良殿《ゆらどの》、でございますか」

「このままではわらわの身がもたぬ。それに、わらわが厄《やく》を受けるたびに、いちいちつらそうな顔をされるのもたまらぬのじゃ。なんというか、そうじゃ、哀《あわ》れまれているようでおもしろくない」

「まあそうでございましょうな。かといって、災《わざわ》いが起きる前にお守りするわけにもまいりますまい」

「……」

「四六時中《しろくじ》ついてまわるわけにもいかぬのですから」

濃姫《のうひめ》は、ぱちんと扇《おうぎ》でひざを打つと、碁石《ごいし》をおいて立ちあがった。

「それじゃ！」

「姫《ひめ》様？」

「さすがは左《ひだり》のおとどじゃ」

にやりと笑みをうかべる濃姫《のうひめ》を左大臣は不安げに見あげた。

「ちと行ってくる」

「行ってくるとは、姫《ひめ》様いずこへ」

「いかがなさいましたか？」

湯をもってきたタヨに、濃姫《のうひめ》はむふっと笑った。

「由良《ゆら》のもとへ」

「またなにかあったのですか!?」

「いや。それではおそいのじゃ。のぉ、左《ひだり》のおとど」

「いえ、いえいえいえいえ、いえ！　わたくしはそういう意味でもうしあげたのでは」

濃姫《のうひめ》は、ぱん！　と両の手を打ち鳴らし、ハエを呼《よ》びよせ、すっと憑依《ひょうい》した。

「あっ、姫様《ひめ》お待ちを！」

「姫様《ひめ》なにを……」

あの自信に満ちた笑み、妙《みょう》なやる気。こういうときが一番心配なのだとタヨは肩《かた》を落とした。

# 母の人形――由良《ゆら》

「こんにちはー」

庭先からの声に由良《ゆら》が顔をのぞかせると、いつかの背《せ》の高い女の子が立っていた。細くて長い手足に、ポニーテールにした髪《かみ》が、元気のいい子馬を連想させた。

「こ、こんにちは。おばあちゃん、今呼《よ》んでくるね」

由良《ゆら》がそういうと、女の子はひょいひょいと手を動かした。

「今日、用事ある？」

「へっ？」

「用事」

「ない、けど」

「よかった！」

女の子は、パッと笑顔になって縁側《えんがわ》から身を乗りだした。

「あとでうちに来ない？」

「でも……」

「来て来て、ねっ、いいよね」

由良《ゆら》が返事に困《こま》っていることなどおかまいなしに、「じゃあ二時にね」と手をふった。

「ちょっと待って」

由良《ゆら》が縁側《えんがわ》に立ちつくしていると、清子《きよこ》が顔を出した。

「だれか来ていたの？」

「このあいだ、おばあちゃんを病院に連れていってくれた」

「ああ、香奈《かな》ちゃん」

「じゃなくて」

「敦美《あつみ》ちゃん？」

「うん。二時に来てって」

由良《ゆら》の困《こま》ったような顔を見て、清子《きよこ》は苦笑した。

「敦美《あつみ》ちゃんはね、由良《ゆら》ちゃんと同じ四年生なのよ。近所に同い年の女の子がいないっていってたから、あそびたいんでしょ。せっかくさそってくれたんだもの。行ってらっしゃい」

清子《きよこ》はなんでもないことのようにいったが、一度顔を合わせただけの子の家にあそびに行くなんて、由良《ゆら》には信じられなかった。正直いえば、行きたくなんてない。なにを話せばいいのかもわからないし、なにをすればいいのかもわからない。由良《ゆら》は「行かなきゃだめ？」と、すがりつきたい気持ちで祖母《そぼ》の袖《そで》をにぎったけれど、清子《きよこ》は「おみやげ、干《ほ》し柿《がき》でいいかしらね」と、楽しそうにいうだけだった。

気が重い。

昼食もあまりのどを通らず、慶吾《けいご》に「風邪《かぜ》でもひいたか？」と心配される始末だった。いつもは長く感じる一時間が、今日はあっという間に流れていく。気がつくと、一時四十五分になっていた。

柿《かき》の木から、バサバサと羽音《はおと》を立ててカラスが一羽《わ》、飛びたった。

祖母《そぼ》が書いてくれた地図を見てため息をついた。畑をぬけて川に出る手前の道を曲がったところに赤いマジックで◎がしてある。ゆっくり歩いても十分かからない距離《きょり》だ。

角を曲がると、すぐに古い平屋建ての家と新しい二階建ての家が並《なら》んでいるのが見えた。二軒《けん》のあいだに、屋根のある橋のような廊下《ろうか》がわたされているちょっと不思議な造《つく》りだ。

由良《ゆら》がチャイムに指をかけるのと同時に、二階建ての家の玄関《げんかん》がひらいた。

「お母さーん、来た！」

敦美《あつみ》の声がはねる。思わず立ちつくした由良《ゆら》に、敦美《あつみ》が「早くおいで」と手をふった。

家のなかは白を基調《きちょう》にした洋風の造《つく》りになっていた。ふきぬけになった高い天井《てんじょう》からはチューリップ形のかさがいくつもついたかわいい照明が下がっていて、壁《かべ》にも間接《かんせつ》照明がついている。正面にある階段《かいだん》の手すりはシンプルな鉄骨製《てっこつせい》だ。大きな家ではないけれど、とても気持ちのいい家。

おくから、いらっしゃーいと元気のいい声が聞こえて、香奈《かな》が顔を出した。

「こ、こんにちは」

「ゆっくりしていってね」

「あの、これおばあちゃんが」

「あら、気にしなくていいのに」

そういいながら包みを手にして、「干《ほ》し柿《がき》？　うれしい！」と、にっと笑った。

ぶううううん。

ん？　由良《ゆら》が視線《しせん》を泳がせる。一瞬《いっしゅん》、虫の羽音《はおと》が聞こえたような気がした。

濃姫《のうひめ》？　まさかね。だってわたし、今はなにもしていない。ハエに憑依《ひょうい》した濃姫《のうひめ》が来るのは、自分になにかがあったときだ。

いるわけない、よね。

由良《ゆら》は小さくかぶりをふり、敦美《あつみ》のあとについていった。

ダイニングルームの大きな窓《まど》のむこうはウッドデッキになっている。そこからむかいの古い平屋建ての家と橋のような廊下《ろうか》でつながっている。

「むこう側がおばあちゃんちなんだ」

そういって、敦美《あつみ》は「行こっ」と、由良《ゆら》の手を引いた。

「サナさーん」

「お入り」

縁側《えんがわ》から部屋のなかへ入ると、あまいにおいがした。

「いいにおい」

思わず由良《ゆら》がいうと、「お香《こう》のにおいですよ」と声がして、すーっとふすまがひらいた。

髪《かみ》を結《ゆ》いあげ、着物を着たおばあさんが立っている。

「サナさん、この子が由良《ゆら》ちゃん」

「こ、こんにちは」

「こんにちは。よく来てくれましたね」

敦美《あつみ》がサナさんといったおばあさんは、やわらかな笑みをうかべて、さあこっちへと、手を動かした。

こっちって、なに？　敦美《あつみ》の顔を見る。

わたしはここへなにをしに来たんだろう？　敦美《あつみ》ちゃんにさそわれて、おばあちゃんにも行ってきなさいといわれて来てしまったけれど。敦美《あつみ》ちゃんと話をしたり、なにかあそんだりという雰囲気《ふんいき》でもない。しかもここは敦美《あつみ》ちゃんの家ではなく、敦美《あつみ》ちゃんのおばあちゃんの家だ。

なにがいやというわけではない。みんなとても気持ちのいい人たちだし、やさしい。だけど……、早く帰りたい。

日の当たらない廊下《ろうか》に出ると、ひんやりした。サナはつきあたりの部屋の前で立ち止まると、ふすまをすーっとひらいた。

思わず、息をのんだ。

部屋いっぱいにひな壇《だん》がしつらえてある。その一番上の段《だん》に、内裏雛《だいりびな》が三組仲良く並《なら》んでいる。

「真ん中のがあたしの。左がサナさんので、右にあるのがお母さんのおひなさま」

「なかに入ってよく見てあげて」

一歩、足をふみいれる。あまいような、やわらかな空気に包まれる。

ひとつひとつ顔も着物も、髪形《かみがた》もちがう。

敦美《あつみ》の女雛《めびな》は、平安時代のお姫様《ひめ》のような垂《た》らし髪《がみ》で、あごのラインがすっとして、どの人形よりも華《はな》やかに見える。母親の香奈《かな》の女雛《めびな》はほかの人形より少し大きくて、たっぷりとしたおすべらかしに、切れ長の目もとが威厳《いげん》に満ちている。そして、サナの女雛《めびな》は、目にガラスがはめこまれて、頭に大きめの宝冠《ほうかん》をのせている。着物は、敦美《あつみ》や香奈《かな》の人形と比《くら》べると色味が落ち着いているけれど、金糸や色糸で刺繍《ししゅう》がほどこされている。

いろいろなことを見て、背負《せお》ってきた人形なのだろうなと、由良《ゆら》はふと思った。

見た目はこんなにちがうのに、女雛《めびな》から発せられる空気はとても似《に》ている。やわらかくて、あたたかい。

「さあ、お茶にしましょう」

カタカタと、風が窓《まど》を鳴らした。

こたつの上に、桜《さくら》もちとお茶がのっている。

「みんなべつべつのおひなさまがあるんですね」

由良《ゆら》がいうと、サナは静かにうなずいた。

「おひなさんは、ひとりにひとつですから。女の子がすこやかに育つように。その子に災《さい》厄《やく》がふりかかれば身代わりになって守ってくれるんですもの」

「ボディーガードみたいでしょ」

少しおどけた口調で敦美《あつみ》がいった。

濃姫《のうひめ》が初めて部屋に来たとき、同じことをいっていた。あのときからわたしの厄《やく》を……。

胸《むね》がぎゅっとちぢんだ。

「由良《ゆら》ちゃんはおひなさんが好きなのね。うちのおひなさんたちも喜んでいるわ」

「えっ？」

おどろいた顔をすると、敦美《あつみ》がくすりと笑った。

「サナさんって、ときどきへんなことというんだよ」

「あら、へんなことではないでしょ」

「だって、おひなさまが喜んでるとかさ、人形だよ、に・ん・ぎょ・う。話したり動いたりしたらおっかないって」

「そうかしら？　由良《ゆら》ちゃんはどう思う？」

ふいにふられて、ことばにつまる。

敦美《あつみ》ちゃんのいうことはもっともだ。だけど……。

「由良《ゆら》ちゃん困《こま》ってるよ。ねー」

「わたし……、わたしは、わからないけど、敦美《あつみ》ちゃんちのおひなさまはみんな幸せそうな顔をしていると思います」

サナは由良《ゆら》をじっと見つめて、それから満足そうに湯のみに口をつけた。

「ま、そうだね、それならあたしもわかる」

「敦美《あつみ》ったら。ところでふたりとも、流し雛《びな》って知ってるかしら？」

サナがいうと、敦美《あつみ》は首をかしげた。由良《ゆら》も小さくかぶりをふる。

「紙やなにかで人の形をした形代《かたしろ》を作って、けがをしたところや、具合の悪い場所にあてるの。つまり、人形に悪いところを移《うつ》すということね。その『ひとかた』を、海や川へ流して、病気やけがや災《わざわ》いから守ってもらうの。そうした儀式《ぎしき》が流し雛《びな》になって、今のひな祭りになったともいわれているんですよ。だから、おひなさんは女の子を守ってくれる特別なお人形なんです」

由良《ゆら》はサナの話をじっと聞いて、それからひな人形を見た。

この女雛《めびな》たちも、サナさんや香奈《かな》さん、敦美《あつみ》ちゃんを守ってきたんだ。

敦美《あつみ》ちゃんの女雛《めびな》、香奈《かな》さんの女雛《めびな》、サナさんの女雛《めびな》。こうして見ると、どことなく持ち主と雰囲気《ふんいき》が似《に》ている。

わたしと濃姫《のうひめ》はどうなんだろう。

ちっとも似《に》てないな、と苦笑した。

「入るわよ」

ふすまがあいて、香奈《かな》が顔を出した。

「わたしもまぜて」と、こたつに入ると桜《さくら》もちをぱくりとやった。

おいしいと笑う香奈《かな》さんは、見た目は母より年上に見える。けれど、ことばづかいやしぐさのせいだろうか、どこか幼《おさな》く感じる。

「なんかいいわよね、こういうの。女子会ってやつ？」

香奈《かな》のことばに、敦美《あつみ》がお茶をふきだした。

「なによ敦美《あつみ》ったら、お母さんだって女子でしょ。男子じゃないもの」

「男子じゃないけど、子じゃないじゃん」

「かたいことといわないの」

そういって、香奈《かな》はふたつ目の桜《さくら》もちに手をのばした。となりでふたりの会話をサナが楽しそうに聞いている。

「あーあ、結子《ゆうこ》もいればもっとよかったんだけどな。会いたかったのに、ひさしぶりに。でも結子《ゆうこ》はがんばってるよね。あたしなんかもうすっかり田舎《いなか》のおばさんだもの」

うんうんとうなずく敦美《あつみ》に、「こら、少しは否定《ひてい》しろ」といいながら香奈《かな》が笑う。

こういう親子もあるのかと由良《ゆら》はおどろいた。

香奈《かな》は、小学生や中学生のころの話をひとしきりしてから、アルバムを出してきた。

「これ見て」

色あせた写真を指さした。

ショートカットの女の子のとなりに、髪《かみ》の長い女の子が並《なら》んでいる。

「髪《かみ》の短いのがあたしで、こっちが結子《ゆうこ》」

母の子どものころの写真を見るのは初めてだ。笑いをこらえて、今にもふきだしそうな顔で写《うつ》っている。

「うしろ見て」

「おひなさまだ」

敦美《あつみ》がいった。

「そう、おひな祭りのときの写真。ちょうど今の敦美《あつみ》や由良《ゆら》ちゃんと同じくらいのときだわね。うしろに写ってるのが結子《ゆうこ》のおひなさまよ」

「お母さんの？」

香奈《かな》がうなずいた。

よくは見えないが、朱色《しゅいろ》の台の上に、女雛《めびな》と男雛《おびな》が並《なら》んでいる。敦美《あつみ》のひな人形と同じ、垂《た》らし髪《がみ》の女雛《めびな》だ。

「結子《ゆうこ》のおひなさまって本当にすてきだった。ほら、おひなさまっておすべらかしが多いけど、結子《ゆうこ》のはちがうでしょ」

「そうでしたね。わたしも結子《ゆうこ》ちゃんのおひなさん、好きでしたよ」

「おばあちゃんも見たことあるの？」

敦美《あつみ》がいうと、サナは「ええ、とても優雅《ゆうが》で華《はな》やかでね」とうなずいた。

お母さんのおひなさま……。

「結子《ゆうこ》のおひなさまいいなって思っててね、それで敦美《あつみ》のおひなさまは垂《た》らし髪《がみ》にしたのよ」

「へー。あたしも、あたしのおひなさますごく好き」

敦美《あつみ》がひな壇《だん》に目をやって、ねえ、と由良《ゆら》をふりかえった。

「由良《ゆら》ちゃんのはどんなの？」

「えっ」

「おひなさま」

どう答えればいいのだろう。

チリリリン、チリリリン。

電話のベルが鳴った。

「敦美《あつみ》、出てくれる？」

サナにいわれて敦美《あつみ》が立ちあがったとき、由良《ゆら》はほっとした。

そんな自分に気がついて、どきりとした。

持っていないとなぜいえなかったのだろう。持っていないと答えたら、敦美《あつみ》ちゃんに気まずい思いをさせてしまうから？　ちがう。そんなんじゃない。由良《ゆら》はスカートをきゅっとにぎった。

「由良《ゆら》ちゃん、この写真、わかる？」

香奈《かな》が一枚《まい》の写真を指さした。

これって……。

由良《ゆら》が顔をあげると、香奈《かな》はにこりと笑って、「由良《ゆら》ちゃんにあげるね」と、透明《とうめい》のフィルムをペリペリめくり、黄ばみかけている写真をはがした。

「由良《ゆら》ちゃん」

敦美《あつみ》の声にふりかえる。

「清《きよ》さんがもう帰ってきなさいって」

「はい、今、帰ります」

オッケー、敦美《あつみ》は親指と人さし指を合わせて由良《ゆら》にむけると、受話器にむかって口をひらいた。

「またいつでもいらっしゃい。三日までは飾《かざ》っているから」

「でも」

「だいじょうぶですよ。おひなさんを見てもらえるのはうれしいものですから。それにね」

由良《ゆら》が首をかしげると、サナが目じりを下げた。

「由良《ゆら》ちゃんはおひなさんが好きだからって、清子《きよこ》さんがうちのおひなさんを見せてやってほしいって電話をくれたんですよ」

「おばあちゃんが？」

サナが、やさしくうなずいた。

# 昔の記憶《きおく》——濃姫《のうひめ》

ぶうぅーぅぅぅぅぅ。

ぶうんぅーぅぅぅぅ。

こつん、こつん。

ぶうんぅーぅんぶうぅぅぅぅぅん。


〈楽しゅうございましたね〉

〈ほんに、よき日〉

大柄《おおがら》な女雛《めびな》とガラスの目をもった女雛《めびな》が優雅《ゆうが》にほほえむ横で、垂《た》らし髪《がみ》の女雛《めびな》が顔をしかめる。

〈ああいやだ、みなさまお気にならぬのですか?〉

〈おほほほほ〉

〈ふふふ〉

〈気になどならぬ〉

〈ならぬ、ならぬ〉

〈でもこのハエ、先ほどから目ざわりなのです〉

そういって部屋を飛びまわるハエをにらみつける。と、天井《てんじょう》から急降下《こうか》してきたハエが、垂《た》らし髪《がみ》の女雛《めびな》の肩《かた》にぴっととまった。

〈しっ、しっ、きたならしい〉

そういってさわぐ垂《た》らし髪《がみ》の女雛《めびな》のほおに、ハエがはげしく手をこすりつけた。

〈や、やめなされ！〉

垂《た》らし髪《がみ》の女雛《めびな》がおびえた声を出すと、大柄《おおがら》な女雛《めびな》が、まああとささやいた。

〈どこその、女雛《めびな》じゃ〉

ガラスの目をした女雛《めびな》が、落ち着いた声でいう。

〈ようわかったのぉ〉

ハエが口をひらいた。

垂《た》らし髪《がみ》の女雛《めびな》は、ひぃと声をあげた。

〈憑依《ひょうい》とは近ごろめずらしい〉

〈めずらしいのぉ。さぁさ、こちらにまいられよ〉

ハエはひとしきり手をこすりあわせると、肩《かた》から飛びたち、今度はガラスの目をした女《め》雛《びな》の檜扇《ひおうぎ》の先にとまった。

〈わらわは濃姫《のうひめ》じゃ〉

〈濃姫《のうひめ》、よろしゅう。して、われらになにか？〉

〈いや、その〉

濃姫《のうひめ》は口ごもり、少しおこったような口調で、〈出られぬだけじゃ〉とぼそりといった。

〈おほほほ、おかしな女雛《めびな》じゃ〉

大柄《おおがら》な女雛《めびな》は、楽しげに声をあげる。

〈出られぬとは。ではいったいどのようにここへまいられたのじゃ〉

〈女の子《めこ》と、わらわの女の子《めこ》とともにまいったのじゃ〉

〈おやまあ、なおのことおかしな話じゃ。女の子《めこ》とは、あの昼つ方にまいった女の子《めこ》のことであろう。もうとうに帰っていったというに〉

濃姫《のうひめ》は舌打《した》ちした。

〈ちと……、ねむっておったのじゃ〉

〈なんと！〉

〈まあ！〉

〈ちょっとじゃ。ほんのいっとき〉

むきになるハエ、いや濃姫《のうひめ》に三人の女雛《めびな》はそろって疑《うたが》わしい目をむけた。

〈その目はなんじゃ、その目は〉

濃姫《のうひめ》は、ぶうんぅーぅぅぅぅぅと部屋中を飛びまわり、かもいのすきまにもぐりこんだ。


ああ、なんということじゃ。

濃姫《のうひめ》は、自分のまぬけさを呪《のろ》った。

さらに、しゅしゅしゅしゅしゅとしきりに手をこすりあわせている自分に気づいて、あわてて両の手をはなした。

〈習慣《しゅうかん》とはおそろしいものじゃ。憑依《ひょうい》したとはいえ、意思は、わらわのものだというのに……〉

濃姫《のうひめ》は独《ひと》りごちた。

それにしても、このようなところにとじこめられるとは……。

昼つ方、由良《ゆら》を追ってここへ来た。しかし、部屋に入ったとたん、心がちぢに乱《みだ》れた。あたたかな座敷《ざしき》。よい香《こう》の香《かお》り、手入れの行きとどいた数々の道具。そのなかで人形たちはほほえみをたたえて鎮座《ちんざ》していた。

いとしい女《め》の子《こ》のもとで、変わることなく時を重ねている女雛《めびな》たちにおもわず嫉妬《しっと》した。見ることも、話を聞くことも、苦痛《くつう》に思えた。

すぎし日のことをなつかしんでも哀《あわ》れなだけだと、自らが封《ふう》じていたはずの記憶《きおく》。おさえこんでいた思いが一気に流れでた。

かつて、女雛《めびな》として大店《おおだな》の奥座敷《おくざしき》に飾《かざ》られていた日々。華《はな》やかな節句《せっく》の祝い。大勢《おおぜい》の人の子がひな壇《だん》の前で足を止め、瞳《ひとみ》を輝《かがや》かせ、大人たちもまた、みごとなものだと口々にして目を細め、ため息をつく。

愛らしい女《め》の子《こ》のふところにだかれ、小さな手が髪《かみ》をなでる。

その小さな手は乳《ちち》のにおいから、菓子《かし》のあまいにおいのする手となり、日のにおいへと変わり、いつしか花のような香《かお》りの手へと変わっていった。

濃姫《のうひめ》はぐっとのどを鳴らして目をとじた。

……そのまま、ねむりこけてしまったのだ。

まったくどうかしておる。

わらわがせねばならぬのは、由良《ゆら》を、わらわの女《め》の子《こ》の災厄《さいやく》を引き受け、守ること。さすればみなを、あの駅舎《えきしゃ》から出してやることができる。

三月三日までのことじゃ。……まずは、ここをどう出るか。

かもいのすきまから顔を出すと、ガラスの目をもった女雛《めびな》と視線《しせん》とぶつかった。女雛《めびな》は静かに笑みをうかべている。

〈出てまいらぬか〉

〈そうじゃ、そのようなところですねていても、仕方ござりませぬぞ〉

〈すねてなどおらぬ〉

濃姫《のうひめ》のことばに、女雛《めびな》たちはおかしそうに声を立てて笑い、おや？　とふすまのほうへ視線《しせん》をむけた。

〈だれぞ、まいるようじゃ〉

女雛《めびな》たちの背筋《せすじ》が、気持ちのびた。

ふすまがひらく。

ぱちんと小さな音がして部屋にあかりがともると、老女が立っていた。老女はすーっと部屋全体をながめて、それからひな壇《だん》の前に立った。ガラスの目をもった女雛《めびな》に手をのばし、やさしくふところにだく。

「ひさしぶりにざわざわしていたわね。どうしたのかと思ったのよ」

濃姫《のうひめ》はそのようすを天井《てんじょう》にとまって見ていた。

老女は女雛《めびな》をだいたまま、ひな壇《だん》の前にすわり、深いしわのある手で女雛《めびな》の髪《かみ》をなでている。ときおり手を止め、目をつぶってうなずく。

あの女雛《めびな》と老女は、今も心を通わすことができるのであろうか?

濃姫《のうひめ》は信じられぬ思いでふたりを見ていた。

女《め》の子《こ》と通じあうことができるのは、女雛《めびな》が身代わりをつとめているあいだだけだ。その身代わりは、九つまで。

人の子とは、幼《おさな》ければ幼《おさな》いほど弱い。三つや四つまでは身代わりになることがたびたびあり、それだけに通じあうことも多い。しかし、女《め》の子《こ》が成長していくと、しだいに身代わりをおこなうことが減り、話をすることも、通じあうことも減っていく。

やがて女《め》の子《こ》の幼《おさな》き日の記憶《きおく》はうすらぎ、女雛《めびな》とかわした話も、話していたのだという事実も、忘《わす》れてしまう。

それは悲しむことではない。女《め》の子《こ》のすこやかな成長こそが、女雛《めびな》にとってなによりの喜びなのだ。

すこやかなる成長……。

わらわは、いとしい女《め》の子《こ》を、救えなかった。

嫁《とつ》ぎ先でのことだった。病にむしばまれ、この世を去った。

九つをとうにすぎていたのだから仕方がない。もう身代わりになれる年ではなかったのだ。そう自らに何度もいい聞かせた。

かぶりをふる。

〈もし、もし〉

女雛《めびな》の声に視線《しせん》を動かすと、老女と目が合った。思わず、ひっ！　と声をもらした濃姫《のうひめ》に、老女の手の上にいる女雛《めびな》がいった。

〈サナさんが、戸をあけます〉

サナ、この老女のことか。

濃姫《のうひめ》が老女を見ると、老女は手の上の女雛《めびな》にむかって「このハエのことかしらね」とささやくようにいった。それから、ゆっくりうなずき、窓《まど》ガラスをあけた。
風が強くふきこみ、老女の着物をゆらす。
〈さあ、行きなされ〉
ガラスの目をもった女雛《めびな》の髪《かみ》が風にあおられる。
〈行きなされ〉
〈女の子《めこ》のもとへ〉
ひな壇《だん》から声が聞こえる。
濃姫《のうひめ》は大きく息をつくと、天井《てんじょう》から飛びたち、部屋のなかを一周して外へ飛びだした。

## 祖父《そふ》と母 ——由良《ゆら》

「ちゃんとあたたまるのよ」

脱衣所《だついじょ》から祖母《そぼ》の声がして、由良《ゆら》はあわてて湯に鼻まで沈《しず》めた。

ちゃぷんと湯の音が浴室にひびく。

「タオル、ここにおいておくわね」

由良《ゆら》は「はい」とこたえて、浴槽《よくそう》にからだをあずけた。

お母さんのおひなさま、か。

これまで、自分がおひなさまを持っていないことなど、気にしたこともなかった。友だちの家ですてきだなと思うことはあっても、うらやましく思ったり、ひがんだり、ねたましく思うことはなかった。持っていないことに対して卑屈《ひくつ》になることもなかった。

けれど……。

今日、敦美《あつみ》ちゃんにおひなさまのことを聞かれたとき、いえなかった。

持っていない自分がひどくみじめに感じられて、はずかしかった。

だって、おひなさまは、女の子の幸せを願って祖父母《そふぼ》や両親から贈《おく》られる人形だから。


「長湯だったね」

時計を見ると、もう六時半をすぎていた。一時間も入っていたことになる。

「あ、ごめんなさい」

「お風呂《ふろ》はゆっくり入ったらいいの。結子《ゆうこ》はカラスの行水でね、入ったと思ったら出て来ちゃうから、もっとあったまりなさいってよくいったのよ」

そうおかしそうに笑う。

「お母さん、今もそうだよ。時間がもったいないって」

「おじいちゃんといっしょね」

「そうなの?」

「ええ。結子《ゆうこ》とおじいちゃんはよく似《に》ているから」

清子《きよこ》はことばをにごして、さあ、と手をたたいた。

「ごはんにしちゃいましょ。おじいちゃんは町内会の集まりでおそくなるから」

こたつの上には、ハンバーグとマカロニサラダ、ジャーマンポテトにコーンスープが並《なら》んだ。

ここへ来て初めての洋食だ。

清子《きよこ》は由良《ゆら》がはしをつけるたびに、「どうかしら」と真剣《しんけん》な顔をしてたずね、由良《ゆら》が「おいしい」とこたえるとほっとしたように笑顔になる。

「昔はよく作ったんだけど、おじいちゃんとふたりだとどうしても和食ばっかりになっちゃうのよね。でもおばあちゃんはハンバーグも唐揚《からあ》げも好きなのよ。結子《ゆうこ》はどんな食事作っているの？」

「カレーとか、スパゲティとか。でもお魚もけっこう多い」

「そう。学生のころなんてね、あの子、目玉焼きもろくにできなかったのよ」

おじいちゃんがいないと、おばあちゃんはお母さんの話をよくしてくれる。

「そうそう、ね、今日はどうだった？」

「えっ？」

「敦美《あつみ》ちゃんのおうち」

口に入れたハンバーグが、のどの入り口でつまって、目を白黒させた。

「だいじょうぶ？」

清子《きよこ》が背中《せなか》を軽くたたく。

「平気、だいじょうぶ」

由良《ゆら》はコーンスープをひと口飲んで、顔をあげた。

「楽しかった。おひなさまがね、三つもあるの」

「そう。よかったわね」

「うん。やさしい顔をしてたよ」

「サナさんが大切にしているからね。人形ってね。必要とされて、愛されることで、満たされるの。人も、人形も、同じ」

必要とされ、愛されることで……。

「おばあちゃん」

そういって口をつぐんだ由良《ゆら》に、清子《きよこ》が「ん？」と首をかしげる。

なんでもない、と頭をふると清子《きよこ》は由良《ゆら》のほおに手をあてた。

「いってごらんなさい」

「……本当になんでもないの。すごくおひなさまもきれいだったし、敦美《あつみ》ちゃんもおばさ

ん も、サナさんもいい人で」

清子《きよこ》はゆっくりうなずいて、次のことばを待っている。

コチコチと規則《きそく》正しい時計の音がやけに大きく聞こえる。由良《ゆら》はつばを飲んだ。

おばあちゃんに聞いてみたい。

どうしてわたしにはおひなさまがないの？

聞きたい。

でも、それは口にしてはいけないことのようにも感じる。

ことばにしてしまったら、もう知らないふりをすることも、逃《に》げることもできなくなってしまう。

わたしも、おじいちゃんも、おばあちゃんも、お母さんも。

清子《きよこ》の手が由良《ゆら》の手を包んだ。しわの深いあたたかい手。

由良《ゆら》は顔をあげた。

「おばあちゃん」

「うん」

清子《きよこ》がやさしくほほえむ。

おひなさまは女の子の幸せを願って贈《おく》る人形なんでしょ？　わたしが生まれたとき、おばあちゃんもおじいちゃんもうれしくなかった？　だからおじいちゃんは一度もわたしに会いに来てくれなかったの？

香奈《かな》さんからさっきもらった写真が、脳裏《のうり》にうかんだ。

子どものお母さんと、黒々とした髪《かみ》の若《わか》いおじいちゃん。ふたりの写真だった。そのうしろにおひなさまが写《うつ》っている。写真のなかのふたりは幸せそうで、仲がよさそうで、ふたりとも笑っていた。

お母さんとおじいちゃんはどうして仲が悪くなっちゃったの？

だめだ、いえない。

「あのね、おひなさま、お母さんのは飾《かざ》らないの？」

べつのことばを口にした。

清子《きよこ》は小さく息をすった。

「お茶いれようか」

急須《きゅうす》を手にして、ポットのお湯をそそぐ。目の前にある湯のみからふわりと湯気があがると、清子《きよこ》はそれを一口飲んでから由良《ゆら》を見た。

「結子《ゆうこ》のおひなさまは、ここにはないの」

「どうして?」

「おじいちゃんが、ね」

清子《きよこ》は浅く息をついた。


ふたりは、もう十年以上、たがいに連絡《れんらく》もしあわなければ、まともに話もしてない。

あんなに仲のいい父娘《おやこ》だったのに。

一人娘《むすめ》の結子《ゆうこ》は、慶吾《けいご》にとって目に入れても痛《いた》くないという存在《そんざい》だった。幼《おさな》いころはどこにでも連れて歩き、おいしいものがあればまっさきに結子《ゆうこ》に食べさせ、風邪《かぜ》をひけばひと晩《ばん》中でも寝《ね》ずに看病《かんびょう》をした。そんな慶吾《けいご》の父親ぶりに、清子《きよこ》もあきれるほどだった。あまりの子煩悩《こぼんのう》さに、職場《しょくば》の仲間たちから、「思春期になったらさみしいぞ、父親なんて煙《けむ》たがられるだけだからな」などとからかわれたりもしていた。でも、結子《ゆうこ》は中学生になっても、高校生になっても、父親を避《さ》けるようなことはなかった。毎朝いっしょに食卓《しょくたく》を囲み、よく笑い、よく話もした。

活発で明るくて素直《すなお》でやさしい娘《むすめ》は、慶吾《けいご》の宝物《たからもの》だった。

それだけに許《ゆる》せなかったのだ。


「おばあちゃん」

由良《ゆら》が手をにぎった。

「ああ、ごめんね。いろいろ、そう、いろいろあったの」

「お母さんとおじいちゃんはどうしてきらいあっているの？」

そうじゃないのよと清子《きよこ》はかぶりをふった。

「大事に思っていればいるほど、ささいなことに傷《きず》ついて、傷《きず》つけて。そのうちにむきあえなくなってしまうものなのね。これ以上、相手をきらいになりたくないし、きらわれたくないから」

「どうして？　大事なのに、どうしてそんなふうになっちゃうの？」

清子《きよこ》はお茶でのどをしめらせた。

「結子《ゆうこ》の好きな、大切な人を、おじいちゃんは認《みと》めてあげられなかったから」

お母さんの大切な人、その人がわたしのお父さん？

父のことはなにも記憶《きおく》にない。友だちから、父について聞かれても、「いない」としかいえなかった。小学校に入ってすぐのころ、一度聞いたことがある。そのとき母は、すごく悲しい目をして、「由良《ゆら》が生まれる少し前に死んじゃったのよ」とだけいった。

それ以上は、なにも聞けなかった。母を悲しませたくなかったから。

「おじいちゃんは、どうして反対したの」

清子《きよこ》は、そうね、いろいろ。といって、しばらく口をつぐんでからぽつりといった。

「おじいちゃんの思う幸せには、なれないと思ったから、かしらね」

わからない。それじゃ、わからない。

それならわたしは？　おじいちゃんは、わたしは生まれないほうがよかった？　わたしがいなかったら、お母さんは幸せになっていたの？　今は幸せじゃないの？　わたしがいなかったら、お母さんとおじいちゃんも……。

由良《ゆら》はスカートをぎゅっとにぎった。

「結子《ゆうこ》が出ていったあとね、おじいちゃんは結子《ゆうこ》のものを処分《しょぶん》したの。あの子のものを見ているのがつらかったんだと思うのよ」

由良《ゆら》はパッと顔をあげた。

「おひなさまも？」

「ええ、でもおひなさまだけは、おばあちゃん、ほうっておけなかったの」

ひな人形は、慶吾《けいご》が初めて娘《むすめ》に買ったものだった。

早産で生まれた小さな小さな娘《むすめ》を案じて、好きなたばこもお酒もひかえて、ひな人形を買ってきた。赤《あか》ん坊《ぼう》の結子《ゆうこ》に見せて、「おひなさんが守ってくれるからな」と笑った若《わか》い慶吾《けいご》の顔は、今も目に焼きついている。そして、毎年、おひなさまを飾《かざ》った日の晩《ばん》、慶吾《けいご》は夜ふけに、おひなさまの前で酒を飲み、頭を下げていた。

たぶん、結子《ゆうこ》が健康に育っていることの礼とこれからもよろしくお願いしますと、そんなことをいっていたのだろう。

「おひなさまは、おじいちゃんにとっても大切なものだったのよ。おじいちゃんの願いがたくさんこめられているお人形だったから。だからおばあちゃんがないしょで、橘《たちばな》神社にお願いしたの」

「前におじいちゃんがいってた神社？」

清子《きよこ》がうなずく。

「橘《たちばな》神社は人形供養《くよう》で有名な神社でね」

「人形供養《くよう》?」

「そう。役目を終えたお人形をお焚《た》き上げして、供養《くよう》してくれるの」

「燃《も》やしちゃうの?」

由良《ゆら》の声がかすれた。

「ひな人形だけじゃなくて、人形はどんなお人形でも、大切にされて、そばにいることで、子どもの身代わりになるって考えられていたの。だから、その役目が終わったら、きちんと供養《くよう》をしてあげなければいけないのよ。今までありがとうって感謝《かんしゃ》をこめて」

「じゃあお母さんのも」

いいえと、清子《きよこ》が首をふる。

「橘《たちばな》神社では、ひな人形のあずかりもしているの。あずかったおひなさまは、ひな祭りの時期になると、町のあちこちに飾《かざ》られるのよ。由良《ゆら》ちゃんがいっていた駅舎《えきしゃ》のおひなさまもそうでしょう。結子《ゆうこ》のおひなさまも、たぶん、きっとどこかに飾《かざ》られているでしょうね。でも、ちょっと後悔《こうかい》もしているの。手のとどかないところにやるんじゃなかったって。もう、探《さが》すのは無理だろうけれど」

もし、おひなさまを見つけることができたら。
もし、もう一度この家におひなさまを飾《かざ》ることができたら。
変えられるかもしれない。
おひなさまが、もう一度、お母さんとおじいちゃんを結びつけてくれるかもしれない。

# 決意

――濃姫《のうひめ》

びゅん！

ハエたたきが空《くう》を切った。

その風にあおられ、濃姫《のうひめ》はバランスをくずす。回転しながら体勢《たいせい》を立て直し、思い切り上昇《じょうしょう》して天井《てんじょう》に足をのばした。

息が切れ、目がまわる。

ようやっと由良《ゆら》の家に入れたと思ったら、この始末だ。ハエになど憑依《ひょうい》したのがまちがっていたのであろうか？

身代わりを引き受け、初めてハエに憑依《ひょうい》したときのことを思いだした。頭上に飛んでいるハエに目をつけ、ぼんぼりにとまったところで意識《いしき》を集中させた。静かに、静かに、内側に語りかけ、心をひらかせていく。そこへ、するりと入りこむ。

人のように複雑《ふくざつ》な感情《かんじょう》をもつ生きものを支配《しはい》することは至難《しなん》の業《わざ》だが、動物や虫であれば、さほどむずかしいことではない。しかし憑依《ひょうい》するものはなんでもよいというわけにはいかない。どのような場にいても不自然でなく、目立ちすぎず、そして動きが自由であること。

頭上を自在《じざい》に飛ぶハエは、まさにうってつけだった。

ところが、ハエに憑依《ひょうい》するとタヨはわなわなとふるえだした。「ひ、姫様《ひめ》」と声を裏返《うらがえ》しながら絶叫《ぜっきょう》し、「そのような、下品で、下等な生きものに憑依《ひょうい》されるとは」と両の手で顔をおおった。

「なにをタヨはおこっておるのじゃ、のぉ」

平然という濃姫《のうひめ》に、イサもスズもつつと視線《しせん》を泳がせた。

ハエは、濃姫《のうひめ》の想像《そうぞう》以上にすばらしい身体能力《のうりょく》をもった生きものだった。かつて、蝶《ちょう》やスズメに憑依《ひょうい》したこともあるが、これほどに敏捷《びんしょう》で、どこへ行っても不自然にならぬ生きものはいない。

しかし、このような落とし穴《あな》があったとは……。

家のなかに入ったとたん追いまわされ、あやうく命を落とすところだった。

いったいわらわがなにをしたというのじゃ。

濃姫《のうひめ》が視線《しせん》を落とすと、ハエたたきをもったまま、清子《きよこ》が天井《てんじょう》をにらみつけていた。そのうしろに由良《ゆら》がへばりついている。

「いやなハエね、どこから入ってきたのかしら」

「おばあちゃん、わたしがやるよ」

夕食のあと、台所の窓《まど》からハエが飛びこんできた。そのハエがガラス戸に映《うつ》ったとき、女雛《めびな》の姿《すがた》になったのを由良《ゆら》は見落とさなかった。

「いいの。おばあちゃんは、ハエをとるの得意なのよ」

なおさら困《こま》る……と、由良《ゆら》はあわてた。

「腰《こし》、無理するとまた痛《いた》くなっちゃうよ」

「なにいってるの、もうすっかりいいもの」

清子《きよこ》はハエから目をそらさずにいうと、ハエたたきをもった右手をすっとあげた。

清子《きよこ》がじりじりと間合いをつめる。天井《てんじょう》にとまっていたハエが棚《たな》の上に飛び、棚《たな》の縁《ふち》にとまって足をこすりあわせている。

清子《きよこ》がねらいを定める。

あああ、だめ、だめだめ！

由良《ゆら》はとっさに清子《きよこ》にだきついた。

目の前でハエが飛びたつと、清子《きよこ》は「あっ」と声をあげた。

ハエはぴゅっと廊下《ろうか》へと姿《すがた》を消した。

「あぁ、もうちょっとだったのに」

「ごめんなさい。あのね、あの、そう、ゴキブリ。ゴキブリがいたの」

「ゴキブリ？　いやね、ゴキブリって一匹《ぴき》いたら十匹《ぴき》はいるっていうじゃない」

清子《きよこ》はみけんにしわをうかべてため息をつき、「お風呂《ふろ》入ってくるわ」と、由良《ゆら》にハエたたきをわたした。

よかった……。

由良《ゆら》はハエたたきをもどして、自分の部屋の戸をあけにいった。

「ドア、あけておくから部屋のなかで待っていてね」

由良《ゆら》が部屋にもどったのは十時半をまわっていた。濃姫《のうひめ》のことが気がかりだったけれど、祖父《そふ》の帰りを待つ祖母《そぼ》をおいて、ひとりで部屋に入ってしまうのは、なんとなく悪い気がして、いっしょにテレビを見ていたのだ。

慶吾《けいご》は九時半ごろ、お酒のにおいをさせながら帰ってきた。おやすみなさいという由良《ゆら》に、慶吾《けいご》は「ん」と、四角い折《お》り詰《づ》めを差しだし「みやげだ」とひと言いった。

中身は、お寿司《すし》だった。

「樽見寿司《たるみずし》ですか。お茶いれますね」

そういって台所に行く清子《きよこ》は、小声で「食べられる?」といい、由良《ゆら》がこくりとうなずくと、「無理しないでいいのよ」と苦笑した。

食事のあとに食べるお寿司《すし》は、ちょっときつかった。おなかがすいているときに食べたらもっとおいしいんだろうなと、少し残念に思いながら、それでも三貫《かん》食べた。

歯みがきをしている由良《ゆら》に、昔はこうやってよくおみやげを買ってきたのだと清子《きよこ》は笑った。

「おじいちゃん、由良《ゆら》ちゃんがおいしそうに食べてくれて、うれしかったんじゃないかしら」

おじいちゃんは今だって、お母さんのことが大事なんだ。

お母さんだって、きっとそう。

このままじゃ、だめ。今のままじゃいけない。

「濃姫《のうひめ》」

部屋に入って小声で呼《よ》ぶと、羽音《はおと》がした。電気をつけると、天井《てんじょう》から黒い点がまっすぐに、落ちるように飛んできて、姿見《すがたみ》のまわりを早くあけろとせかすように、ぐるぐると飛びまわっている。

由良《ゆら》が布《ぬの》をあげると、ハエは鏡にちょんととまった。そのおくに女雛《めびな》がうかびあがる。

「おそい。いつまで待たせるのじゃ」

濃姫《のうひめ》は丸い顔をさらに丸くさせた。

「ごめんなさい。おじいちゃんがお寿司《すし》を買ってきてくれて」

「寿司《すし》、寿司《すし》はわらわも好きじゃ」

「……」

「さ、はようここへ」

「ここへって」

「なにをもったいぶっておるのじゃ。寿司《すし》じゃ、はようせぬか」

「……お人形も、食べられるの？」

「供物《くもつ》と同じことじゃ。も、もしや、そなただけ食べたというのではあるまいな」

刹那《せつな》、沈黙《ちんもく》が流れた。

由良《ゆら》はなにかとんでもない失敗をしたようにうつむくと、濃姫《のうひめ》はため息をついた。

「もうよい」

「ごめんなさい」

「よい。あまり謝《あやま》られると、わらわがいやしいもののように思えてくるではないか」

濃姫《のうひめ》は大きく深呼吸《しんこきゅう》をして、あらためて由良《ゆら》を見た。

「そなた、いかがした？　なにゆえ、そのようなうれいを帯びた顔をしておるのじゃ」

由良《ゆら》がおどろいたように顔をあげた。

それでなくとも、ついていないことこの上ない女《め》の子《こ》なのだ。このうえ妙《みょう》なことで気を病まれでもしたら、どのような災《わざわ》いが……。

おおお、おそろしい。

ここはわらわが！

濃姫《のうひめ》は扇《おうぎ》をにぎりしめて、ぐいと身を乗りだした。

「ささ、もうしてみよ。そなたがうれいているそのわけを」

「ウレイテ？」

「なんじゃ、意味がわからぬのか？　なげかわしいのぉ」

濃姫《のうひめ》はすっと目を細め、檜扇《ひおうぎ》を由良《ゆら》にぴしりとむけた。

「つまりじゃ。なにか気に病むことでもあるのかと聞いておるのじゃ」

あぁ、と由良《ゆら》はゆっくりうなずいた。

「はようにいわぬか」

「あのね」

「うむ」

「わたしね」

「うむ」

ごくりとつばを飲む。

「わたし、お母さんのおひなさまを見つけようと思うの」

「……」

まったく意味がわからぬ。

女の子《めこ》のいうことがわからぬとは、わらわがあほうなのか？　それとも由良《ゆら》が、この女《め》の子《こ》が大あほうなのだろうか。

まちがいない。あほうは由良《ゆら》じゃ。

濃姫《のうひめ》はひとつせきばらいをして気を落ち着かせ、一語、一語、ゆっくりとことばにした。

「母上の、ひな人形を、見つける?」

由良《ゆら》がこくりとうなずく。そして壁《かべ》につるしてあるコートのポケットから、写真をとりだした。

「おひなさまが、きっとおひなさまなら、お母さんとおじいちゃんを仲直りさせてくれる」

「ま、待て、ちと待て。どのような事情《じじょう》かは知らぬが、女雛《めびな》は人をあやつるようなことはできぬぞ。しかも、その女雛《めびな》はとうに役目を終えているではないか。だからこそ、ここにない。そんな女雛《めびな》になにができるというのじゃ」

濃姫《のうひめ》はふんと鼻を鳴らした。

「できるよ。ううん、おひなさまにしかできないんだと思う」

由良《ゆら》は顔をあげた。

「明日、橘《たちばな》神社へ行ってくる。濃姫《のうひめ》には迷惑《めいわく》かけないから安心して」

そういって、ぱちんと電気を消した。一瞬《いっしゅん》のうちに闇《やみ》になる。

濃姫《のうひめ》はどかりとすわった。

腹《はら》が立つ。

無性《むしょう》に、どうしようもなく、腹《はら》が立つ。

なにに？　なにに腹《はら》を立てる？

わからぬ。わからぬことが、また腹立《はらだ》たしい。

濃姫《のうひめ》は「う〜」と絶叫《ぜっきょう》し、すっくと立ちあがってふとんのなかにいる由良《ゆら》にべーと舌《した》を出した。

「なーにが、迷惑《めいわく》をかけないから安心して、じゃ。そなたがわらわに迷惑《めいわく》をかけぬ日など一日とてないではないか！　この大ほらふき！　人でなしのあほう！」

由良《ゆら》の規則《きそく》正しい寝息《ねいき》が、静かに部屋にひびいている。

「こら、寝《ね》るな。おい、つまらぬではないか」

由良《ゆら》の大福のようなやわらかなほおを、濃姫《のうひめ》は二度つついた。


よく朝、濃姫《のうひめ》が目をさますと由良《ゆら》の姿《すがた》がなかった。またとじこめられてしまったのではとあわてたが、窓《まど》がわずかにあけてあった。

「由良《ゆら》にしては気が利《き》いておるな」

と、安堵《あんど》して、大きくあくびをした。

ねむい……。

これまで長いこと、ふぬけた生活を送ってきた濃姫《のうひめ》にとって、ここ数日の生活は体力的にも、精神的《せいしんてき》にも充分《じゅうぶん》に厳《きび》しいものだった。無事に身代わりをつとめあげるためにも先手を打ち、女の子《めこ》を守るのだと息巻《ま》いて駅舎《えきしゃ》を飛びだしてきたが、昨日《きのう》は結局なにも起こらなかった。部屋へとじこめられたり、ハエたたきでつぶされそうになったりという災難《さいなん》はすべて、濃姫《のうひめ》自身が招《まね》いたものである。

こんなことならのんびりと碁《ご》でも打ち、殿《との》のことをからかってごろごろしていたほうがましだった。

駅舎《えきしゃ》へもどろうか、という迷《まよ》いが一瞬脳裏《いっしゅんのうり》をよぎった。が、すぐにいやいやとかぶりをふる。

たった一日でのこのこ帰れるものか。タヨに「そらみたことか」と白い目で見られるのがおちだ。

それに、由良《ゆら》のやつめ、橘《たちばな》神社へ母のひな人形を探《さが》しに行くなどと妙《みょう》なことをいっておった。

いやな予感がする。

あぁ、めんどうなことじゃ。

濃姫《のうひめ》はちっと舌《した》を打った。

# 橘《たちばな》神社 ―――― 由良《ゆら》

「ゆーらちゃーん」

畑をぬけて川沿《ぞ》いの道に出たところで名前を呼《よ》ばれた。顔をあげると、赤い橋のたもとで敦美《あつみ》が手をふっているのが見えた。

風がふくと身がちぢまるほど寒いのに、ランドセルをゆらしながらかけてきた敦美《あつみ》のひたいには、うっすら汗《あせ》がうかんでいる。

「学校、もう終わったの？」

由良《ゆら》がいうと、敦美《あつみ》はズンとピースした。

「先生の研究授業《じゅぎょう》があるから四時間で終わり。もー、毎日研究授業《じゅぎょう》やってくれって感じ」

由良《ゆら》が笑うと、敦美《あつみ》も無理だろうけどねと笑った。

「で、どこに行くの？」

「え？」

「それ、地図でしょ」

手にもっている紙を敦美《あつみ》が指さした。さっき清子《きよこ》に頼《たの》みこんで橘《たちばな》神社までの地図を書いてもらったのだ。

「橘《たちばな》神社に、行くの」

「橘《たちばな》神社？」

敦美《あつみ》はひょいと地図をのぞきこんで、「あー、やっぱりそっちか」としぶい顔をする。

「山から行けばずっと近いんだよ。大人はさ、あぶないからっていうんだけど、半分だよ、半分。……そうだ、あたし連れてってあげる」

「でも」

「だいじょうぶだよ、何度も行ったことあるし。家にいると手伝いしろとかうるさいから、ちょうどいいんだ。うん、決まり！　ランドセルおきに行くのつきあって」

敦美《あつみ》は返事を待たず、由良《ゆら》の腕《うで》をにぎってかけだした。

「ただいまー、行ってきまーす」

「こら敦美《あつみ》ー！」

敦美《あつみ》は玄関《げんかん》からランドセルをほうりこむと、家のなかから聞こえる母親の声を無視《むし》してかけだした。そんな敦美《あつみ》の背中《せなか》を追いかけているうちに、さっきまでの不安が少しずつほぐれていった。

「敦美《あつみ》ちゃん、ありがとう」

「ん？」

敦美《あつみ》がふりかえって、てれたように笑った。

橋をわたり、茶畑を左手にしばらく行くと、大きな公園があった。そのなかをぬけていくと杉林《すぎばやし》に出た。うす暗い。杉林《すぎばやし》だけ夕方のようだ。

「こっちだよ」

敦美《あつみ》は迷《まよ》うことなく、やぶれた柵《さく》のすきまに右足を入れ、頭と肩《かた》を順に通した。由良《ゆら》も同じようにくぐろうとしたけれど、見ているほどかんたんではなかった。コートのフードが引っかかり、肩《かた》と胸《むね》のところでつまり、最後はむきだしの針金《はりがね》にポケットを引っかけて破《やぶ》いてしまった。

（だから近道などするものではないのじゃ）

由良《ゆら》のようすをフェンスの上で見ていた濃姫《のうひめ》は、ふんと鼻を鳴らした。

「だいじょうぶ？　めんどうなのはここだけだから。あとはふつうに山道だからさ」

「うん。平気」

十分ほど歩くと唐突《とうとつ》に林がとぎれた。日の光がまっすぐに地面をさしている。

「このあいだ、伐採《ばっさい》したんだよ」

敦美《あつみ》は切り株《かぶ》の上に飛び乗って、かかとをあげた。

「由良《ゆら》ちゃん、こっち」

敦美《あつみ》が手を引いて由良《ゆら》を切り株《かぶ》の上にのせる。

「うわー」

視界《しかい》がパッとひらけて、町の景色がおどろくほどよく見えた。細い道路が走り、まばらに家々が建っている。東のほうに見えるのは駅だ。

「ほら、あそこ」

敦美《あつみ》が指さすほうに目をやると、こんもりと生いしげった丘があり、その頂上《ちょうじょう》に社《やしろ》が見えた。

「あそこが、橘《たちばな》神社だよ」

丘《おか》の下には鳥居《とりい》があり、右側には火の見やぐらと大きな蔵《くら》がある。

ざわり。

一瞬《いっしゅん》、景色がゆれた。

なに？

思わず、敦美《あつみ》のジャンパーをつかむ。

「どうしたの？」

敦美《あつみ》がおどろいたように由良《ゆら》の手をにぎった。

「ううん、なんでもないの。ただちょっと」

「ちょっと？」

「……」

わからない。今のは、なに？

もう一度、社《やしろ》のほうに目をやる。

ここじゃない。

さっきと同じように、鳥居《とりい》に視線《しせん》を移《うつ》し、火の見やぐら、そして蔵《くら》へと視線《しせん》を動かす。

ざわり。

視界《しかい》がゆらぐ。胸《むね》が苦しい。

くずれるようにしゃがみこんだ。

「由良《ゆら》ちゃん！　由良《ゆら》ちゃんどうしたの」

声が遠くで聞こえる。心配そうに、敦美《あつみ》が声をはりあげているのがわかる。


——由良《ゆら》、由良《ゆら》。

この声は、濃姫《のうひめ》……。

「由良《ゆら》ちゃん、由良《ゆら》ちゃん」

敦美《あつみ》ちゃんの声。

羽音《はおと》、白い光。

目をあけると、敦美《あつみ》の顔があった。泣きそうな顔をして、名前を呼《よ》んでいる。

「由良《ゆら》ちゃん！　よかった、どうしようかと思ったよ」

敦美《あつみ》は由良《ゆら》をだきしめながら、由良《ゆら》の肩《かた》にとまっているハエをぱんとはたき落とした。

「わたし」

なにをいえばいいのかわからなかった。あれはなんだったのだろう？　目の前が急にゆれた。建物や木々がゆれたというより、空気が動いたように感じた。

ざわりと、二度。

なにかがうごめくように、振動《しんどう》しているように……。

「今日は帰ろ」

「だいじょうぶ。もうなんともないし、それに」

「それに?」

それに……、今行かなかったら、行けなくなってしまう気がする。わけのわからない恐《きょう》怖《ふ》にあっさりと、かんたんに、自分はくじけてしまうのではないかと思う。行けない理由なんていくらでも用意できるから。

いやだ。そんなのいやだ。

「わたし行く」

敦美《あつみ》は由良《ゆら》をじっと見た。

「わかった。行こう」

すっとのばした敦美《あつみ》の手を由良《ゆら》はにぎった。

山道はすぐにまたうす暗くなった。枯《か》れ草《くさ》や小枝《こえだ》の音が足もとで静かになり、ときおり頭上で鳥の声がひびくほかは、由良《ゆら》と敦美《あつみ》の息づかいしか聞こえなかった。

なんの標識《ひょうしき》も、道もない似《に》たような景色が続くなかを、迷《まよ》いもせずに歩いていける敦美《あつみ》が不思議だった。同じような木、同じような景色、同じようなにおい。

敦美《あつみ》は、由良《ゆら》には感じられないなにかを見て感じているのだと思うと、ただ素直《すなお》に、すごいなと思う。

そういえば、さっき切り株《かぶ》のところで濃姫《のうひめ》の声を聞いた気がする。(濃姫《のうひめ》)心のなかで呼《よ》んでみるけど返事はない。気配すら感じない。

「もうちょっとだよ」

敦美《あつみ》がふりかえる。そのむこうに道路が見えてきた。


そのころ、切り株《かぶ》の横から一匹《ぴき》のハエが飛びたった。

「まったくひどい目におうたものじゃ。いきなりたたき落とすとはなんと無礼な」

不用意に敦美《あつみ》にはたかれたことをくやしく思いながらも、濃姫《のうひめ》は由良《ゆら》のことが気がかりだった。

なぜ倒《たお》れた?　病であるのなら、身代わりであるわらわにもなにか起きたはずなのに、なにも起こらなかった。

なぜじゃ……。

ホバリングしながら意識《いしき》を集中させる。由良《ゆら》の気配を全身でたどってみる。

風が起きる。大きくふくれあがり、もつれあい、四方へと散っていく。

由良《ゆら》。

まもなく、風が気配を運んできた。

「南西の方角……」

神社のほうではないか。あのように倒《たお》れておきながら、いったい由良《ゆら》はなにを考えておるのじゃ。


「ここが橘《たちばな》神社。おひなさまはこの上だよ」

林から道路に出ると、鳥居《とりい》のあざやかな朱色《しゅいろ》が目に飛びこんできた。すぐわきに綱《つな》が巻《ま》かれた大木があり、そのむこうは長い石段《いしだん》になっている。

さっきから、なにかがざわついている。

敦美《あつみ》は、行こうといって鳥居《とりい》をくぐり、どんどん石段《いしだん》をあがっていく。

由良《ゆら》は意識《いしき》を集中させて、敦美《あつみ》の背中《せなか》を追った。

階段《かいだん》を登りつめると社殿《しゃでん》の前に、見たこともないような大きなひな壇《だん》があった。はばの広い十段《だん》ものひな壇《だん》の上から下まで、数百いや、千以上あるかもしれないひな人形が飾《かざ》られている。

一番上段《じょうだん》には金屏風《びょうぶ》がおかれ、ひな壇《だん》の横にはうす桃色《もも》の桃《もも》の花がずらりと並《なら》び、そのあいだに橘《たちばな》やぼんぼりが飾《かざ》られている。人形は、女雛《めびな》と男雛《おびな》が対《つい》になってなん組も並《なら》んでいるかと思えば、三人官女《かんじょ》とともに並《なら》んでいるものもあり、なかには五人囃子《ばやし》や随身《ずいじん》、仕丁《しちょう》、さらには食器類や菱餅《ひしもち》、箪笥《たんす》や茶の湯道具といった雛《ひな》道具や御駕籠《おかご》や牛車《ぎっしゃ》など、七段飾《だんかざ》りがそのままフルセットで並《なら》んでいるものもある。

「わあ」

においたつような華《はな》やかさ。典雅《てんが》で、つやめいた人形たちに由良《ゆら》は息をのんだ。

「すごいでしょ」

敦美《あつみ》が得意そうにいう。

うん、とこくりとうなずき、由良《ゆら》は胸《むね》に手をあてた。

「これ、全部、ここに持ちこまれたものなの？」

「そうだと思うよ。まだまだたくさんあるんじゃないかな。あたしが行ってた幼稚園《ようちえん》も橘《たちばな》神社から借りたおひなさまを飾《かざ》ってたし」

「幼稚園《ようちえん》？」

「うん。病院とか役所とか、町中に貸《か》しだしてるんだよ」

そんなに……。見つけだせるだろうか？　写真で見ただけのおひなさまを、本当に探《さが》すことなどできるだろうか？

じゃりじゃりという玉砂利《じゃり》をふむ音にふりむくと、作務衣《さむえ》姿《すがた》の線の細い男の人が笑顔で歩いてきた。

「太一《たいち》おじさん！」

「こんにちは」

「由良《ゆら》ちゃん、この人がここの神主《かんぬし》さん。新米だけど」

「新米はよけいだよ」

神主《かんぬし》は苦笑して、由良《ゆら》に会釈《えしゃく》した。

由良《ゆら》もあわててかぶりを下げる。

「おひなさまを見に来たのかい」

「そう。由良《ゆら》ちゃん、おひなさま好きだから」

「じゃあゆっくり見ていってね。えっと、由良《ゆら》ちゃんはここ初めて?」

「はい」

「由良《ゆら》ちゃんは、清《きよ》さんの孫なんだよ。今あそびに来ているの」

「……ってことは、え、ええええ、結子《ゆうこ》ちゃんの?」

神主《かんぬし》は由良《ゆら》を指さして、ぽかんと口をあけた。

「おじさん、口」

「あ、ああ、ごめん」

それから大きく息をして、由良《ゆら》をまじまじと見た。

「そうか、うん、いや、似《に》てる。そうか結子《ゆうこ》ちゃんの娘《むすめ》さんか」

おどろきながらもなつかしそうに由良《ゆら》を見た。

由良《ゆら》がちらと敦美《あつみ》を見ると、神主《かんぬし》は「ごめんごめん」と頭をかいた。

「結子《ゆうこ》ちゃんとは同級生なんだ」

えっ?　思わず敦美《あつみ》の顔を見ると、

「ホントホント。あたしのお母さんと、由良《ゆら》ちゃんのお母さんと、太一《たいち》おじさんは同級生なんだよ」と、うなずいた。

「ちなみにお母さんから聞いた話だけど、太一《たいち》おじさんは中学んときからずっと、由良《ゆら》ちゃんのお母さんのことが好きだったんだよね」

うんうん、とうなずいて、神主《かんぬし》はあわてて手をふった。

「ちがうって」

「えー、ちがうの？」

「ちがうちがう、そうじゃなくて」

敦美《あつみ》にからかわれて、あわてている若《わか》い神主《かんぬし》がおかしくて思わず笑うと、神主《かんぬし》はよけいに顔を赤くする。

「とにかく、ゆっくりしていってね」

そういって逃《に》げるように社務所《しゃむしょ》のほうへ歩いていった。

「あ～おもしろかった」

「敦美《あつみ》ちゃんってば」

「だって～、太一《たいち》おじさんって子どもみたいでからかいがいがあるんだもん。でもさ、あれで神主《かんぬし》さんがつとまるのかね？」

たしかに神主《かんぬし》っぽくはない。いい人で、やさしそうだけど、どことなく頼《たよ》りない。でもああいう人が母のことを好いていてくれたことはうれしかった。

そうだ……。

「神主《かんぬし》さん!!」

由良《ゆら》が声をあげて追いかけると、神主《かんぬし》はおどろいたようにふりむいた。

「教えてほしいことがあるんです」

「へっ?」


社務所《しゃむしょ》のストーブの上にもちをのせて、神主《かんぬし》は、うーんとうなりながら頭をこすった。

「つまり、結子《ゆうこ》ちゃんのひな人形を見つけて、持って帰りたいってことだよね」

「はい」

「返却《へんきゃく》ってしないことになっているんだけど、まあそれはなんとでもなる。ぼくが神主《かんぬし》だから。でも問題は、どこにあるかってことなんだよなぁ」

くわしい話はなにもしなかった。ただ、ここにお願いした母のひな人形を返してほしいとだけ由良《ゆら》はいい、神主《かんぬし》もそれ以上のことは聞かなかった。

「親父《おやじ》だったらわかったと思うんだけど、二年前に亡《な》くなってね。ここに持ちこまれたものは、基本的にお返しすることはないから」

「……」

あたりまえのことだと思う。仕方のないことだと思う。あずかってもらって、必要になったからといって返してくれというのは虫がよすぎる。そんなことは由良《ゆら》にもわかっていた。

だけど、どうしても見つけたい。

ぎゅっとくちびるをかんだ。

「見つけたいんです」

「……じゃあ」

「はい」

「探《さが》そうか」

「えっ？」

「どこにあるかはわからないけど、探《さが》す手伝いならぼくにもできるよ。一応神主《いちおうかんぬし》だし」

「一応《いちおう》ね～」

敦美《あつみ》が笑って、焼けたもちを皿にとった。しょうゆの香《こう》ばしいにおいがする。

「あたしも探《さが》すの手伝うよ」

「敦美《あつみ》ちゃん」

神主《かんぬし》はおいしそうに二個《こ》のもちを腹《はら》におさめてからノートパソコンをひらいた。

「これが、おひなさまを飾《かざ》っているところ」

液晶《えきしょう》画面のなかには表組みがあり、場所と数が書きこまれていた。一番多いのは、橘《たちばな》神社の境内《けいだい》、八百体。ついで桃花《とうか》町商店街アーケード五百体。あとは七段飾《だんかざ》りや五段飾《だんかざ》り、親王飾《しんのうかざ》りが、幼稚園《ようちえん》や保育園《ほいくえん》や村役場、個人《こじん》商店などに貸《か》しだされている。そのなかに、木偶《でく》駅も入っていた。

やっぱり濃姫《のうひめ》たちも、橘《たちばな》神社に持ちこまれたお人形だったんだ。

「これをひとつひとつ見てまわるしかないね」

「そんなことないんじゃない？」

敦美《あつみ》のことばに神主《かんぬし》が首をかしげる。

「だってさ、境内《けいだい》にはなかったでしょ。それにアーケードや役場にあれば、うちのお母さんだって、清《きよ》さんだって気づいてるよ」

たしかにそうだ。祖母《そぼ》や祖父《そふ》が気づかないはずはない。そうやってしぼっていくと、たしかめるところは十か所ほどになった。車でまわれば、二時間もかからずすべて見てまわることができる。

「よし、今から行くか」

神主《かんぬし》が勢《いきお》いよく立ちあがり、その拍子《ひょうし》にイスを倒《たお》して敦美《あつみ》にあきれられた。

「これは……」

橘《たちばな》神社まで由良《ゆら》の気配を追ってきた濃姫《のうひめ》は、境内《けいだい》に入って思わず動きを止めた。

社殿《しゃでん》の前に、駅舎《えきしゃ》ほどもあるような大ひな壇《だん》があり、数百もの人形たちが一堂に飾《かざ》られている。ひな壇《だん》のわきには、あわい赤色の花がずらりと並《なら》び、人形たちを雅《みやび》に包んでいる。見るものを圧倒《あっとう》し、ひきつけ、魅了《みりょう》する。

このような飾《かざ》られかたをしているひな人形など、これまで見たことがない。

一体一体はとりたててどうということのない人形だが、こうして飾《かざ》られることで、本来もっている力を超《こ》える気を発している。

動けなかった。濃姫《のうひめ》は、ただじっとそれを見つめていた。どれくらいそうしていたのか、気がつくと、日がかげりはじめていた。

ちっ、舌《した》を鳴らしてかぶりをふる。

「邪道《じゃどう》じゃ邪道《じゃどう》じゃ。女雛《めびな》としてのほこりもなにもあったものではない」

そう声高にわめき、笑ってみたが、すぐにそれはみじめさに変わった。

人に見られ、愛《め》でられることが、人形としての幸福であることは疑《うたが》いようもない。

そのとき背後《はいご》で車の音がした。

「ねー、お焚《た》き上げしちゃったんじゃないでしょうね」

疑《うたが》わしい声で敦美《あつみ》がいうと、神主《かんぬし》が両手をばたばたさせた。

「ない、ない、たぶん」

「たぶん!?」

「だって、ぼくがあとをついだの二年前だもん、その前のことは。一応《いちおう》、傷《いた》みがひどくなった人形は供養《くよう》することにしてるんだけど」

「じゃあやっぱり!」

「いや、だって結子《ゆうこ》ちゃんのだろ？　そんなに古いわけないし」

「いい加減《かげん》なんだから」

敦美《あつみ》にじろりとにらまれて、神主《かんぬし》は肩《かた》をすぼめた。

リストに沿《そ》って、あらかた見てまわったけれど、結子《ゆうこ》のひな人形らしきものは見つからなかった。

「ほかに、探《さが》すところは」

由良《ゆら》のことばに神主《かんぬし》が首をさする。

「まだ整理されていない人形なら、あるにはあるけど」

「えっ！　そんなのがあるの？」

「ぼ、ぼくじゃないよ。ここ二年のはぼくがちゃんと整理して、神社の倉庫に保管《ほかん》してるから」

「じゃあ、前の神主《かんぬし》さんのせいだっていうんだね」

敦美《あつみ》がぎろりとにらんだ。

「そうじゃないよ。でもさ、毎年けっこうな数が送られてくるからなかなか。それに親父《おやじ》、亡《な》くなる数年前からずっと体調が悪かったからさ、気になっていてもできなかったんじゃ」

「だったら手伝ってあげればよかったじゃん」

神主《かんぬし》は、そうなんだよね、と肩《かた》をすぼめてうなずきながら、

「だからさ、敦美《あつみ》ちゃんもちゃんと親孝行しといたほうがいいよ」といって、また敦美《あつみ》ににらまれた。

「探《さが》させてください」

由良《ゆら》の声に、敦美《あつみ》と神主《かんぬし》がふりむいた。

「そのなかにあるかもしれない」

「いや、いやいやいやいや、それはないんじゃないかな、結子《ゆうこ》ちゃんのおひなさまが持ってこられたのは十年以上前だよね、いくらなんでもそんなに前のものまで整理してないなんてことは。それに、かなり大変だと思うよ」

「だいじょうぶです」

「……」

神主《かんぬし》はあごをこすり、二回うなずいて顔をあげた。

「じゃあ、今日はもう無理だけど、明日以降《いこう》なら」

「で、どこに入ってるんだっけ?」

「すぐそこだよ。参道を出て左へ二百メートルくらい行ったところにある、ほら、あそこ。

ここから見えるだろ」

そういって、石段《いしだん》のほうへ数歩行って神主《かんぬし》は指さした。

あっ、あの蔵《くら》だ。

でも、今はなにも感じない。やっぱり勘《かん》ちがいだったんだ。

そう思ったとき、耳のおく、鼓膜《こまく》のあたりで声がひびいた。

〈あそこにはいやな気が流れておる〉

濃姫《のうひめ》？

神主《かんぬし》の背中《せなか》にハエがとまっている。由良《ゆら》は心のなかでことばを紡《つむ》ぐ。

（今はなにも感じないけど）

〈ここは結界《けっかい》がはられておるのじゃ〉

（結界《けっかい》？）

〈そうじゃ。神社の鳥居《とりい》が結界《けっかい》になっている。ゆえに邪悪《じゃあく》なものは立ち入れぬ〉

（でもあそこにはお母さんの）

〈ならぬ〉

「由良《ゆら》ちゃん？」

敦美《あつみ》に腕《うで》をつかまれてはっとした。

神主《かんぬし》の背中《せなか》から、濃姫《のうひめ》が飛びたった。

「じゃ、太一《たいち》おじさん、またね。明日はあたし、学校だから来られないけど、いい考えがあるから」

「いい考え？」

「そっ、とにかく由良《ゆら》ちゃんをよろしくね」

「おう。まかしとけ。ふたりとも気をつけて帰るんだよ。由良《ゆら》ちゃん、明日ね」

「はい」

神主《かんぬし》に見送られて、神社をあとにした。

階段《かいだん》をおりて鳥居《とりい》をくぐったところで、敦美《あつみ》が立ち止まった。

「あ、車のなかにマフラー忘《わす》れた」

「いっしょに行くよ」

「いいのいいの、すぐとってくるからここで待ってて」

勢《いきお》いよく石段《いしだん》をかけあがっていく敦美《あつみ》の背中《せなか》を見送って、ふっと蔵《くら》のあるほうに目をやった。

ごおおおお。
鉛色《なまりいろ》の風がふいてきた。
冷たい。はだを切るように冷たい風。
山の木々が音を立ててゆれている。コートが風をはらみ、からだがおされる。

――おもてへ、出してたもれ
――闇《やみ》じゃ、闇《やみ》じゃ
――わらわの女《め》の子《こ》はどこにおりまする

なに?
低くひびく、無数の声。さすような視線《しせん》にはだがあわ立つ。
圧倒的《あっとうてき》ななにかが足もとから、頭上から、おしよせてくる。
ぐい! と道路へと引《ひ》っ張《ぱ》られる。からだが動かない。
音をたてて車がまっすぐにむかってくる。
ビーッ、ビビビビー!!

クラクションが鳴る。
あっ!
ぎゅっと目をつぶった瞬間《しゅんかん》、やわらかい風に包まれた。
なつかしいようなにおい。とてつもない安心感。
〈ふれるな〉

――わたすものかわたすものか

地ひびきのような怒声《どせい》とともに、再《ふた》び風が舞《ま》い起こる。
その風をあたたかな風がおしかえしていく。
〈指一本ふれさせぬ〉
春の風――。
からだが、ふっと軽くなり、気がつくと由良《ゆら》は石段《いしだん》の下にいた。

## あやまち――――濃姫《のうひめ》

ぴー、ぴーしゃららっ。

「い、今なんと」

タヨの声に、にぎやかな宴《うたげ》は一瞬《いっしゅん》にして凍《こお》りついた。

濃姫《のうひめ》はあくびをしてごろんと寝転《ねころ》がる。

身代わりとは、あるものの代わりとなるということだ。守り神とはちがう。なのに……。

「ひ、姫《ひめ》様、姫《ひめ》様の使命は身代わりですぞ。女《め》の子《こ》の災厄《さいやく》を防《ふせ》ぐことではございませぬ」

タヨが声を裏返《うらがえ》した。

「こまかいのぉ」

「こまかい!?」

「そうじゃ、身代わりというのは、とどのつまり、女《め》の子《こ》を守ることじゃ。ならばなにも災厄《さいやく》を待つことなどないではないか」

「しかし、それは……」

「なんじゃ」

「それは、女雛《めびな》の役割《やくわり》、使命では……。お、掟《おきて》をやぶることになります」

「掟《おきて》？　役に立たぬ掟《おきて》など、わらわは知らぬ」

タヨは絶句《ぜっく》した。

とうとう姫《ひめ》様は、頭のほうにきてしまったのだ。そうでなければこんなとんでもないことを口にできるはずがない。

「そもそも厄《やく》をかぶるだけでは、つまらぬではないか」

「そなたたちも、なにかもうさぬか」

タヨがふりかえると、スズがうっとりとした顔をして「姫《ひめ》様、すてき」とつぶやき、イサまでもが「まことに」などとうなずいている。そのむこうでは、右大臣と左大臣が「これまでの姫《ひめ》様とはどこかちがいますな」などとささやきあい、仕丁《しちょう》たちはどこかうれしげに酒をついでまわり、五人囃子《ばやし》の面々は楽器を鳴らしはじめた。

このようなことでよいのか？

よいはずがない。

ぐいと顔をあげるタヨを、濃姫《のうひめ》は耳をほじりながらちらと見た。

「すぎたことをなげくほど無意味なものはないぞ」

……なげくべきである。

あやまちを犯《おか》したのならば、それを悔《く》やみ、なげき、後悔《こうかい》をするべきなのだ。だからこそ、同じあやまちをくりかえさずにすむ。それを姫様《ひめ》は……。自らのあやまちを悔《く》やむどころか、肯定《こうてい》されるとは。

「姫様《ひめ》！」

タヨはかぶりをふり、身を乗りだす。

「女雛《めびな》のつとめをなんと心得ておいでですか。由良殿《ゆらどの》は」

「由良《ゆら》……」

その名を耳にしたとたん、内側からじんわりと熱いものがこみあげてくるのを感じた。

「姫様《ひめ》？」

濃姫《のうひめ》はおもむろに立ちあがり、胸《むな》もとに両の手をあて、まぶたをとじた。

この満たされた思いは、なんであろう。

己《おのれ》が存在《そんざい》することの意味を、喜びを、感じている。このような気持ちになったのは、いつ以来であろうか。

人の子に愛されたいと心の底で願ってきた。されど、自らが女《め》の子《こ》を愛そうとは思わなかった。愛した女《め》の子《こ》がそばからはなれていくことがこわかった。女《め》の子《こ》を失ったときの、あの身を引き裂《さ》かれるような悲しみは、二度と味わいたくなかった。

だからこそ、もう身代わりを引き受けるつもりなどなかったのだ。

駅舎《えきしゃ》を出るためだとしぶしぶ引き受けたときも、その日までなんとか適当《てきとう》にやりすごせばよいと思っていた。

それでも、人の子とまじわっていれば、情《じょう》がわく。そんな情《じょう》などいるものかと、女《め》の子《こ》とした由良《ゆら》にも、ずいぶんと横柄《おうへい》な態度《たいど》で接《せっ》してきたのだ。

人の子と接《せっ》し、やさしさにふれれば、愛されたいと望み、己《おのれ》も女《め》の子《こ》をいとしく思う。

それが女雛《めびな》だ。

だから心をよりそわせてはならぬと決めていた。

そのはずなのに……。

気づいたときには、蔵《くら》からはなたれる力をおしもどしていた。

使命や義務《ぎむ》などではなかった。ただ、ただ、由良《ゆら》を守りたかった。

なつかしいような、あまくわき立つような感情《かんじょう》に、身ぶるいする。

女雛《めびな》の役目は身代わりだ。タヨのいうとおりだ。女《め》の子《こ》を守るなど、超《こ》えてはならぬ領域《りょういき》である。

それを侵《おか》したとあらば、なにか厳《きび》しいとがめが課《か》せられることも充分《じゅうぶん》に考えられる。

——掟《おきて》をやぶりしものは灰《はい》となり、この世の塵《ちり》となる……。

蔵《くら》のなかで、そんな話を耳にしたことがある。されど、カビの生えそうなところで、だれの目にも入らず、ただただ時を重ねることと、いとしき女《め》の子《こ》を守って灰《はい》となること、どちらがおそろしく、哀《あわ》れなことであろうか。

守りたい。

守りたかったのだ。

由良《ゆら》のはにかんだ笑顔や、とまどったときに見せる小首をかしげるしぐさ、厄《やく》を受ける女雛《めびな》を気に病み、泣きだしそうな表情《ひょうじょう》をうかべる由良《ゆら》の顔が、次々に脳裏《のうり》にうかぶ。

人の子とはなんと弱いのだろう。

なんと脆《もろ》く、儚《はかな》く、やっかいで、いとしいのだろう。

静かにまぶたをあける。

タヨが不安げな表情《ひょうじょう》をうかべているのを目にして、胸《むね》がちくりとする。

濃姫《のうひめ》はひとつ大きく息をすった。それからあごをあげ、くんと鼻を鳴らした。

「掟《おきて》などにとらわれておったら、われらは、ここでネズミどもの餌食《えじき》になるのがおちじゃ」

「まっ！」

タヨがほおを引きつらせる。

「そうじゃろ～、こまるじゃろ～」

檜扇《ひおうぎ》でくるりくるりと何度も宙《ちゅう》に円を描《えが》き、タヨにつめより、にっと笑った。

「しばらくもどらぬ」

あっ！　お待ちくださいということばをタヨが発するまもなく、濃姫《のうひめ》はするりとからだからぬけて、ハエに憑依《ひょうい》した。

ああ……。タヨは床《ゆか》にひざをついた。

身代わりなどという大それたことをになわせるのではなかった。タヨは心底後悔《こうかい》した。

「タヨ殿《どの》」

「左大臣殿《どの》……」

左大臣は器だけになった姫《ひめ》をじっと見つめた。

「信じておりましょう。われらの姫《ひめ》です」

## 幻影《げんえい》——由良《ゆら》

カタカタ、カタカタ。

窓《まど》ガラスが音を立てる。

風。

由良《ゆら》はそっとカーテンをあけた。

庭の桃《もも》の木が梢《こずえ》を大きくゆらしている。

夢《ゆめ》、だったの？　はだに感じた風の冷たさ、ひりひりするような空気、じわりとしのびよるあの声。

それに、濃姫《のうひめ》。

春のようなあたたかな風だった。

プルルルル、プルルルル。

「はい、宇佐美《うさみ》です。——昨日《きのう》はお世話になりました。——ええ、本当に早いものですね。

――え、あら、そうなんですか。相当な数なんでしょうね。――え、サナさんが？　――ええ、うちの由良《ゆら》ですか」

清子《きよこ》は受話器を耳にあてたまま、由良《ゆら》を見た。

なに？　由良《ゆら》が首をかしげると、清子《きよこ》は受話器に手をあてて「サナさん」と口を動かした。

「でも、かえっておじゃまになるんじゃないかしら。――いえ、わたしは。――わかりました。じゃあ由良《ゆら》に聞いてまたお電話します」

電話を切ると、清子《きよこ》は口角をあげた。

「サナさんがね、明日、高澤《たかさわ》さんの蔵《くら》の片付《かたづ》けを手伝ってもらえないかって」

「高澤《たかさわ》さん？」

「橘《たちばな》神社のそばにある大きなお蔵《くら》よ」

あの蔵《くら》だ！

「お蔵《くら》のなかに、橘《たちばな》神社であずかったおひなさまがたくさんあるんですって。それを婦《ふ》人会《じんかい》で整理するらしいんだけど」

「手伝いたい！」

由良《ゆら》の声に、清子《きよこ》は目を見ひらいた。こんなにはっきりとものをいう由良《ゆら》は初めてだ。

「お願い！」

「もちろんかまわないけど、でも」

清子《きよこ》がいい終わらないうちに、由良《ゆら》はありがとうと、清子《きよこ》にだきついた。

細い腕《うで》が清子《きよこ》の腰《こし》にまわる。巻《ま》きついた腕《うで》の力が思いがけず強いことにおどろきながら、清子《きよこ》は由良《ゆら》の頭をそっとなでた。

「サナさんに電話しておきましょうね」


よく朝、由良《ゆら》は香奈《かな》が運転する車でサナと出かけた。この前とはちがって、サナはジーンズにジャンパーというラフなかっこうをしている。蔵《くら》の整理をするのだからあたりまえといえばあたりまえなのだけれど、やっぱり意外な気がした。

「まったくお母さんってば、いきなりなんだから。由良《ゆら》ちゃんも無理しないでいいのよ。蔵《くら》の整理なんて大変なだけなんだから」

香奈《かな》はあきれたようにいいながら、アクセルをふんだ。

「あの、わたし」

となりにすわっているサナが小さく首をふり、こそりとささやいた。

「敦美《あつみ》から話は聞きました。前から蔵《くら》の整理をしなければいけないと思っていましたから、ちょうどよかった」

ああ、やっぱり。

こんなに都合よく蔵《くら》の整理をするなんて話があるわけがない。

「思い立ったが吉日《きちじつ》ですよ」

サナはそういってから、由良《ゆら》に小さくウインクをした。


ざわり。

橘《たちばな》神社の鳥居《とりい》の前で車をおりたとたん、気配を感じた。

と、ふわっとあたたかなものが頭をおおった。

「これを」

サナは首に巻《ま》いていたふじ色のマフラーを由良《ゆら》の頭にかぶせて、首もとまでをすっぽりおおった。

「少しざわついていますね。それを巻《ま》いておけば、多少さえぎることができるはずです」

「えっ?」

サナはわずかにほほえんだ。

「不思議ですね。聞こえるはずのないものが聞こえるというのは。でも、じきになれます。意識《いしき》をそらす力が育てば、それほど困《こま》ることはなくなりますから」

「聞こえるんですか、サナさんにも!?」

「ええ。幼《おさな》いころからずっと。といっても、もう最近ではあまり感じませんけれど、それでもこの時期になると聞こえるようになるんです」

どうしてだかわかりますか? というように、サナが首をかしげる。

「おひなさま……、サナさんのおひなさまを飾《かざ》っているから?」

サナは由良《ゆら》の答えに満足そうにうなずいた。

「幼《おさな》いころは、どの女の子もおひなさんと話をしているのです。でも、それは成長とともにうすれていきます。香奈《かな》や敦美《あつみ》もそうでした。そして、いつのまにか、話をしていたことも忘《わす》れてしまう。それがあたりまえのことなのです」

「どうして、サナさんは」

「さあ。なぜでしょうね。わたしにもわかりません。でも、そうですね、距離《きょり》が近かったのかもしれません」

「距離《きょり》?」

由良《ゆら》はごくりとつばを飲んだ。

「わたしは母を早くに亡《な》くしました。母とわたしの女雛《めびな》はどこか面影《おもかげ》が似《に》ていてね、それで、なにか思うことがあると、わたしはいつも女雛《めびな》に話しかけていたのです。わたしの思いに、女雛《めびな》はじっと耳をすまし、そして、ときには語りかけてもくれた。いえね、ああしろこうしろとはいいませんよ。いつも、それでいいのですよ、だいじょうぶ、おまえの思うとおりに……と。そんなふうにいってくれただけです。それでもわたしは、心を強くもてた。自分のことを信じることができたのです」

サナは、左手を由良《ゆら》のほおにそっとあてた。

ひんやりと、冷たい指先に由良《ゆら》は小さく息をすった。

「女雛《めびな》と心を通わせていることで、ほかの人形の声も、思いも、ほかの人より感じやすくなっているのでしょう」

女雛《めびな》と心を通わせることで……。

「物事には必ず表《おもて》と裏《うら》、両面があります。けっして切りはなすことはできません。ですから、それとどうつきあうか」

由良《ゆら》はサナの目をじっと見た。

「由良《ゆら》ちゃんはきっと、最近なのでしょうね、声を感じるようになったのは。あせらなくても、そのうちきっと見つかるはずです」

「なんでわかるんですか？」

見ればわかりますと、ころころ笑い、それからまっすぐに由良《ゆら》を見た。

「声とのつきあいかたを知らないあなたが、これだけの強い気を発しているところへ足をふみいれることはとても危険《きけん》なことです。本当なら、止めなければいけない」

「でも」

「わかっています。あなたにはしなければならないことがある。そうでしょ」

こくりとうなずく由良《ゆら》に、サナもうなずいた。

「さあ、行きましょう。みなさん上で待ってらっしゃいますよ」

「はい」

鳥居《とりい》をくぐると、ざわつきも、息苦しさもたちどころに消えた。神社では鳥居《とりい》が結界《けっかい》になっていると濃姫《のうひめ》がいっていた。

邪悪《じゃあく》なものは、入りこめない……。それはつまり、あの声が邪悪《じゃあく》なものだということでもある。

由良《ゆら》は大きく深呼吸《しんこきゅう》をして、階段《かいだん》を見あげた。

境内《けいだい》にはサナの声かけでやってきた婦人会《ふじんかい》の女性《じょせい》十人ほどと神主《かんぬし》がいた。

「おはようございます」

玉砂利《じゃり》の音を鳴らしながら、おばさんたちが集まってきた。

「みなさん、急なことでもうしわけありませんね」

サナがいうと、みんな一様にいいの、いいのと手をふり、「どうせやることもないし」「わたしも気になっていたのよ」などと、口々にいって豪快《ごうかい》に笑った。

「今日はもうひとりお手伝いをしてくれる女の子がいるんですよ」

サナはそういって、うしろにかくれるように立っている由良《ゆら》を前へおした。

「う、宇佐見由良《うさみゆら》です。よ、よろしくお願いします」

「こちらこそよろしくね」

なかでも一番かっぷくのいいおばさんが、「若《わか》い子がいてくれると助かるわよね」といい、ぱんと手をたたいた。

「さ、行きましょうか」

手に手にバケツやほうき、布《ぬの》やゴザをかかえて階段《かいだん》のほうへむかった。

「みなさーん、よろしくお願いいたしまーす」という神主《かんぬし》ののんきそうな声に、

「神主《かんぬし》さんも早くいらっしゃい！」とぴしゃりと声が飛んだ。

「お～こわっ」

神主《かんぬし》は苦笑して、かけだした。

「さあ、わたしたちも行きましょう」

「はい」

由良《ゆら》はマフラーを耳もとにしっかりかかるように巻《ま》きなおして、ぐっと腹《はら》に力を入れた。

だいじょうぶ。サナさんも、神主《かんぬし》さんも、それに、きっと濃姫《のうひめ》もいてくれる。

長い階段《かいだん》をおりたところでサナがふりかえった。

思い切り息をすいこみ、由良《ゆら》は鳥居《とりい》をくぐった。

ざわっ、ざわざわ——。

来た。

それほど強くはない。けれど、たしかに感じる。はだがひりひりして、のどが渇《かわ》く。手のひらに汗《あせ》がにじむ。

マフラーの上から、両耳をおさえて蔵《くら》のほうへ足をむけた。

〈すきを見せてはならぬ〉

濃姫《のうひめ》？　視線《しせん》をさまよわせてみると、由良《ゆら》の少し前で、ハエがホバリングしていた。

〈そなたはここへなにをしにまいった。なにを願ごうておる。その気持ちを強くもて〉

強く……。

〈ゆらげば憑《つ》かれる〉

わたしがここへ来た理由、願っていること……。お母さんのおひなさまを見つけること。お母さんとおじいちゃんに、仲良くなってもらいたい。

〈それだけを念じるのじゃ〉

お母さんのおひなさま。お母さんのおひなさまを見つける。

くりかえし、くりかえし、口のなかでとなえる。と、ふっとざわめきが止まった。

いや、止まったわけではない。声をそらしただけ。その証拠《しょうこ》に、まだ、はだがひりひりしている。

「大きな蔵《くら》……」

間近に見るとその大きさに圧倒《あっとう》される。

外壁《がいへき》の白壁《しらかべ》はうすよごれてねずみ色に変色し、ところどころはがれ落ちているが、正面にどっしりとかまえたとびらはいかにも頑丈《がんじょう》そうだ。そこにさびたかんぬきがかけられている。

婦人会《ふじんかい》のおばさんたちは、風通しがよくあまり日のあたらない場所に次々とゴザを広げた。

「じゃああけますよ」

神主《かんぬし》が鍵《かぎ》たばのなかから、一番細く長い銀色の鍵《かぎ》を選んで鍵穴《かぎあな》に差しこんだ。

「かたいな」

右、左と手首を何度かまわす。

がしゃん。

重たい音を立てて錠《じょう》がはずれた。

とびらがひらく。

ごおおおおお。

湿《しめ》り気を帯びた風が地をはい、怒号《どごう》とも悲鳴とも、うなり声ともつかないおびただしい声が流れだした。

——おもてへ、出してたもれ
——息ができぬ
——女《め》の子《こ》はどこじゃ、女《め》の子《こ》を連れてまいれ

由良《ゆら》は腹《はら》に力を入れ、耳をふさぎながらまわりに目をやった。婦人会《ふじんかい》のおばさんたちも神主《かんぬし》も、だれも表情《ひょうじょう》を変えていない。

これが聞こえないなんて……。

「由良《ゆら》ちゃん、だいじょうぶ?」

サナが由良《ゆら》の背《せ》に手をあてる。

息を整えて、はい、とうなずいた。

蔵《くら》のなかには、ものすごい数のひな人形が入っていた。それを一箱一箱運びだし、ゴザの上に一体ずつ並《なら》べていく。

気の遠くなる作業だが、婦人会《ふじんかい》のおばさんたちは手際《てぎわ》よく次々に人形を並《なら》べ、ほこりをはらっていく。

「こんなにたくさんあったなんてねえ」

「ここに入れっぱなしになっているなんて、おひなさまが気の毒だわよ」

蔵《くら》から出された人形たちは、どれも美しかった。けれど、敦美《あつみ》の家のおひなさまや、神社や店先に飾《かざ》られているおひなさまとは、なにかがちがっていた。

ちがうのは、空気。そう、人形が発する空気がちがう。冷たく、さざ波を立てるようにざわざわとゆれている。

——必要とされて、愛されることで、満たされる。

人も、人形も、同じ。

そういった祖母《そぼ》のことばを思いだした。

もしも、忘《わす》れ去られ、だれからも必要とされず、愛されなかったら……。

ゴザの上に人形を並《なら》べながら、由良《ゆら》は奇妙《きみょう》な感覚にとらわれていくのを感じていた。人形を手にとると、意味もなくさびしく、悲しい気持ちになる。からだが異様《いよう》に重い。蔵《くら》のなかの人形たちのなげきや苦しみが由良《ゆら》の胸《むね》にじわりと染《し》みこんでいく。

必要とされず、愛されず……。

わたしは、生まれてよかったの？

望まれて生まれてきたの？

お母さん、お母さんは、わたしがいなければ、もっと自由に、幸せに、好きなことをして生きることができたって、思ったことはない？

おじいちゃんも、おばあちゃんも、わたしがいなければ。

あぁだめ、こんなこと考えてはいけない。

そばにあった一体の古びた女雛《めびな》と目が合った。

と、ゆらり、濃《こ》い闇《やみ》に包まれた。

見えない。なにも見えない。

必死に目をこらす。
わずかに白く、ぼんやりと人影《ひとかげ》がうきあがった。
女の人？　そうだ、布《ぬの》にくるまれた赤《あか》ん坊《ぼう》をだきかかえている。

ふっ、と空気が変わる。

今のはなに？　まぼろし？
由良《ゆら》はからだをこわばらせてかぶりをふる。
ぴしっ。
目の前にある女雛《めびな》の白い顔に亀裂《きれつ》が走り、切れ長の目がつっと動いた。
あっ、声が出ない。からだが動かない。女雛《めびな》から、目をはなすことができない。
女雛《めびな》の目がすっと細くなり、にやりと笑う。
ひゅーう、ひゅーう、ひゅーう。
かすれるような女雛《めびな》の息づかいだけが耳のおくで聞こえる。
気がつくと、由良《ゆら》は霧《きり》のなかに立っていた。どこからか川の音がする。

寒い、寒い。手も足も、がくがく震《ふる》える。

霧《きり》のなかに、ぼんやりと人影《ひとかげ》が見えた。

由良《ゆら》はからだを引きずるようにして近づいていく。

女の人だ。さっき見た、あの女の人。赤ん坊《あかぼう》をだいたままゆっくりと歩きだす。

待って、あなたはだれ？　どこへ行くの？

あとを追うけれど、なかなか近づけない。

待って、待って、待って。

どっぷん。

もやのなかに、水のはねる音がした。

切り岸に、あの女の人が背《せ》をむけたまま、たたずんでいる。がけの下は川が流れているのか、ザーザーと水の流れる音が聞こえる。

女の人は両手をだらりと下げている。

赤ちゃん、赤ちゃんはどうしたの？

背筋《せすじ》がすっと寒くなる。

「生まれてきてはいけなかったの」

えっ？

「いけなかったの」

女の人はつぶやくようにいうと、ゆっくりとふりむいた。髪《かみ》におおわれて顔は見えない。

気づくと、女の人は由良《ゆら》の目の前にいた。するりと手をのばして、由良《ゆら》の手首をつかんだ。

ぎゅっ、ぎゅっ、細い指が手首に食いこむ。

「生まれてきてはいけなかったの」

ぐいと引きよせられて、悲鳴をあげそうになった。

お母さん!?

ちがう。お母さんじゃない。お母さんはこんなに冷たい目をしていない。

お母さんの顔をした女は、うすく笑みをもらして、ざざっざざっと由良《ゆら》をがけっぷちへ引きずっていく。

「やめて」

ずずずずっ、ずずずずっ。

足もとの土が音を立てる。

「いらぬ。いらぬ。人の子よ、おまえも同じ、いらぬ子じゃ」

いらない子……。

あっ！

ぐいっと引かれて、足もとから地面が消えた。

からだが宙《ちゅう》にうき、落ちていく。

きゃあー！


「由良《ゆら》ちゃん！」

目をあけると、サナさんの顔があった。そのむこうに、神主《かんぬし》さんやおばさんたちも見える。みんな心配そうにわたしを見ている。

「よかった。みなさんもうだいじょうぶですから、作業を続けてください」

サナはそういってうなずくと、由良《ゆら》のからだを起こした。

頭が重い……。

「だいじょうぶ？　そこのゴザの上で倒《たお》れていたんですよ」

「わたし……。あっ、人形」

「ええ。すぐにわかりました。とても強い怨念《おんねん》をかかえている人形でしたね」

「怨念《おんねん》」

「そうです。なにか大きな悲しみや無念をかかえた人形だったのでしょう。いやなものを見せられたのではありませんか？」

「……」

「今見たことは、すべて幻影《げんえい》です。一番弱いところにつけいり、心を乱《みだ》して憑《つ》こうとしていたのでしょう」

一番、弱いところ。

そうかもしれない。小さいころからずっと気になっていた。でもここへ来て、はっきりわかった。

お母さんとおじいちゃんを引き裂《さ》いたのは、わたしだ。

お母さんはわたしを大切に思ってくれている。愛してくれている。それを疑《うたが》ってるわけじゃない。でも、やっぱりわたしがいなければ、生まれてこなかったら。

おじいちゃんとお母さんに仲良くしてもらいたいと願ったのも、そのためにお母さんのおひなさまを見つけたいと思ったのも、本当は全部、わたしのため。

わたしがいることでこわれてしまったものを、もとにもどしたい。

人形に心をのぞかれてしまった。だから、あの人形はわたしに見せたんだ。

川に赤《あか》ん坊《ぼう》を捨《す》てた女の人は、お母さん。

川に捨《す》てられたのは、赤《あか》ん坊《ぼう》のわたし。

こわかった。

こわくてこわくて、たまらなかった。

わたしは本当に生まれてきてよかったの？

幻影《げんえい》だといわれた今も、こわくてたまらない。

〈あほうな女《め》の子《こ》じゃな〉

えっ？

濃姫《のうひめ》の声が、頭のおくのほうから聞こえる。

〈そなたは、あほうじゃ。生まれてきてよかったか、それを決めるのはそなた自身ではないか〉

「濃姫《のうひめ》」

思わず名前を口にした由良《ゆら》を、サナがそっと見つめる。

〈必要とされぬものなどおらぬ。わらわを見よ。あのようにひなびたところへ追いやられてなお、大活躍《かつやく》じゃ〉

得意げにあごをあげる濃姫《のうひめ》の姿《すがた》が、目にうかんだ。

ハエが由良《ゆら》のまわりをぐるりと旋回《せんかい》して、一度由良《ゆら》の耳もとをかすめて空へ舞《ま》いあがった。

神社のほうへ飛んでいく濃姫《のうひめ》を、由良《ゆら》は目で追った。

「サナさん、もう、だいじょうぶです」

――手のかかる女《め》の子《こ》じゃ。

ゆえにいとしい。

羽音《はおと》をさせながら、耳もとでささやいていった濃姫《のうひめ》のことばが、じわりとあたたかく、由良《ゆら》の胸《むね》にしみた。

「無理をすることはありませんよ」

いいえと由良《ゆら》はかぶりをふった。

「だいじょうぶです。それに、やっぱりお母さんのおひなさまを見つけたいから」

サナはだまってうなずいた。

蔵《くら》の前に所せましと並《なら》んだひな人形は、ざっと千組を超《こ》えていた。

「こんなに入っているとは思わなかったな。かなり昔のもあるし」

神主《かんぬし》が、まいったなとそれをながめる横で、サナが腰《こし》をかがめた。

「年に一度はこうして風を通さなくては。先ほど供養《くよう》をお願いした人形は、もともとなにかをかかえてるようですが、そうでない人形でもこのような扱《あつか》いをしていては」

「ですよね。はい。ぼくが責任《せきにん》をもって。あの、そのときはまた手伝っていただけますか？」

サナはくすりと笑ってうなずいた。

由良《ゆら》はポケットに入れてきた写真をとりだした。

どこにいるの？　教えて。

何度も心のなかでとなえるようにして、人形のあいだを歩いた。

蔵《くら》から聞こえていたおそろしげな声は、人形がおもてに出されていくうちに弱くなり、声音《こわね》が変わった。

とくに、婦人会《ふじんかい》のおばさんたちが人形に布《ぬの》をあて、その人形を「かわいらしい」「品がある」と口にし、目を細めるたびに、重々しい空気はあわのようにひとつずつはじけていった。

由良《ゆら》も母の人形を探《さが》しながら、並《なら》んだ人形ひとつひとつを見てまわった。

——人の子じゃ
——おお、よいのぉ
——こちらを見た
——さあさあ、こちらへ

人形たちの声が華《はな》やいでいく。

そうだ、そうなんだ。あの声は、救いを求める声。蔵《くら》から出してほしい、見てもらいたい、ふれてもらいたい……。

同じだ。人も、人形も。

だれかに必要とされ、愛され、求められることで満たされる。

「由良《ゆら》ちゃん」

ふりかえると、サナと神主《かんぬし》が立っていた。

「結子《ゆうこ》ちゃんのおひなさん、ここにはなさそうね」

「ごめんね。ぼくが必ず、時間はかかるかもしれないけど、探《さが》すから」

これ以上、わがままはいえない。

「はい。ありがとうございました」

ううんと、神主《かんぬし》がかぶりをふる。

「よし、じゃあ片付《かたづ》けだ」

えっ!?

「みなさーん」

「待って!」

思わず由良《ゆら》は神主《かんぬし》の腕《うで》をつかんだ。

「もう片付《かたづ》けるなんて、やっと出られたのに」

「でも、だって、ねえ」

神主《かんぬし》がサナに助けを求めるように視線《しせん》を送る。

「もうちょっとだけ。このまま、また一年も蔵《くら》のなかなんて」

「それはそうよね」

婦人会のおばさんたちが顔を見合わせてうなずいた。

「まいったな」

「神主《かんぬし》さん、せっかくなんだから、このおひなさん、今年も飾《かざ》ればいいじゃない」

「飾《かざ》る場所がないでしょ、飾《かざ》る場所が」

神主《かんぬし》が子どものように口をとがらした。

「境内《けいだい》のひな壇《だん》、もうひとつ作ってもらえばいいじゃない」

「そんなにかんたんにいわないでくださいよー」

「だいじょうぶよ、木田工務店《きだこうむてん》でしょ。あの程度《ていど》のものなら朝飯前よ」

おばさんたちにいわれて、神主《かんぬし》は「わかりましたよ。相談だけはしてみます。相談だけですよ」といって、ため息をつきながら社務所《しゃむしょ》へもどっていった。

「どちらにしても、今日はいったん蔵《くら》のなかにもどさなければね」

サナのことばに、みんなうなずいた。

「あら」

蔵《くら》のとびらにさしたままになっている鍵《かぎ》のたばを、小柄《こがら》なおばさんが引きぬき、「これじゃ社務所《しゃむしょ》に入れないでしょうに」と、半ばあきれたような声を出して苦笑した。

「わたし、とどけてきます」

由良《ゆら》は、鍵《かぎ》たばを受け取ってかけだした。

チーチチッ。

すんだ鳥の声に、鳥居《とりい》をくぐったところで顔をあげた。

夕焼けが石階段《かいだん》の上にまっすぐにのびている。まるで、大きな大きなひな壇《だん》に敷《し》かれた緋毛氈《ひもうせん》のようだ。

……大きな、ひな壇《だん》。ひな壇《だん》、そうだ！

由良《ゆら》は一気に階段《かいだん》をかけあがった。

# 掟《おきて》――濃姫《のうひめ》

ゴトゴト、ゴトゴトン、ゴトン。

ホームに列車が止まる音がする。

濃姫《のうひめ》はくっと背筋《せすじ》をのばし、笑みをうかべた。改札口から数人が姿《すがた》を現《あらわ》し、駅舎《えきしゃ》を素通《すどお》りして出ていった。

だれひとり、ひな壇《だん》には目もくれない。スズとイサが両はしで不平をいっていたが、タヨはなにもいわず、目をつぶった。

気持ちを上段《じょうだん》に飛ばしてみる。

タヨの瞳《ひとみ》のおくに、濃姫《のうひめ》の姿《すがた》がはっきりと見えた。着物はすり切れ、髪《かみ》はほつれ、白い顔はあちこちうすよごれている。

女雛《めびな》にとって美は命そのものだ。しかし今の姫《ひめ》様は、凛《りん》としたたたずまいのなかに気品すら感じる。

やさしく笑みをうかべる濃姫《のうひめ》は、こわいほどに美しくタヨの目に映《うつ》った。

なのに、胸《むね》がざわつく。

なにかとんでもないことが起きるような、そんな不安。タヨは、昨夜からの濃姫《のうひめ》のようすを思いかえしてみた……。

姫《ひめ》様はひどく疲《つか》れたようすで帰ってきた。いつもは白酒をあおり、由良《ゆら》がどうのとひとしきり愚痴《ぐち》めいたことを口にするのだが、そうしたことを一切せず、貝のようにおしだまったまま鎮座《ちんざ》していた。そしてときおり、ほう、とため息をつきながら、ほおをうっすらと桃色《ももいろ》に染《そ》める。

まったくなにがどうしたことか……。

姫《ひめ》様は疲《つか》れてはいるが、幸せそうでもあり、幸せそうではあるが、深く思い悩《なや》んでいるようにも見えた。

つまり、タヨには濃姫《のうひめ》がなにを考えているのかまったくわからなかったのだ。

ここ数十年、姫《ひめ》様の自堕落《じだらく》なくらしぶりは目にあまった。されど、女雛《めびな》としてのお役目を果たしたくとも望まれず。毎年こうして飾《かざ》られはしながらも、人の子の目にふれることはごくまれなこと。通りすがるものでさえ、われらの存在《そんざい》に気づいておるのか、おらぬのか、それすらわからぬ始末であった。

そんななかで、女雛《めびな》としての自覚をもてというのは酷《こく》な話である。

今年、無理やりにではあったが、久方ぶりに女《め》の子《こ》の身代わりを引き受けた。姫様《ひめ》の女《め》雛《びな》としての意識《いしき》も高まっていった。

そこまではよかった。よかったはずなのだ。けれど……。

タヨはひとつひとつ思いかえしながら、無意識《むいしき》のうちに避《さ》けていた答えに行き着いた。

掟《おきて》やぶり。

身代わりの域《いき》を超《こ》え、女《め》の子《こ》にふりかかる災厄《さいやく》を食い止めようと力をつくしていることが気がかりでたまらない。

まるでどこか達観したような風情《ふぜい》は、身代わりを終えようとしているというより、女雛《めびな》としての役目を終えようとしているようではないか。

タヨはくちびるをかみしめた。

もう一度、もう一度でいい。女雛《めびな》としての喜びを、人の子に愛《め》でられる幸せを味わっていただきたい。そのためであるならば、どんな労も、苦役《くえき》もいとわない。それが官女《かんじょ》としてのつとめ……。

そうタヨが心に誓《ちか》ったとき、濃姫《のうひめ》がつぶやいた。

〈人の子とは、やっかいなものじゃな〉

〈姫《ひめ》様？〉

〈やっかいじゃが、いとしい。おかしなものじゃ〉

〈……それが、女雛《めびな》のさがではございませぬか〉

濃姫《のうひめ》は静かにほほえみ、そうじゃなといって駅舎《えきしゃ》のなかに目をやった。


その晩《ばん》、駅舎《えきしゃ》の戸がしめられるのを待って、濃姫《のうひめ》はみなを集めた。

「節句《せっく》まであと二日じゃ。今宵《こよい》は、心ゆくまで、歌い踊《おど》り、飲み明かそうではないか」

タヨをのぞく面々は、「前前夜祭ですな」「さすがは姫《ひめ》様」「大いに盛《も》りあがりましょうぞ」と、華《はな》やいだ声をあげた。

五人囃《ばや》子《し》が陽気に楽器を奏《かな》で、イサとスズは曲に合わせて舞《ま》い、仕丁《しちょう》の三人は左大臣、右大臣に酒をすすめてまわりながら、自らもグビグビとあおっている。

濃姫《のうひめ》は、片手《かたて》をついてごろりと横になり、そのようすを楽しげにながめている。

「姫《ひめ》様」

タヨは濃姫《のうひめ》の前にすわった。

「なんじゃ、舞《ま》いが見えぬではないか、ほれほれ」

濃姫《のうひめ》は檜扇《ひおうぎ》を動かしながら、拍子《ひょうし》をとる。

あはあはと、口をあけて能天気《のうてんき》に笑っているその姿《すがた》は、以前のほうけた姫《ひめ》そのものだ。

「タヨ、そなたも飲め」

「わたくしは」

「よいから。ほれ。わらわが酌《しゃく》をしてやるのじゃぞ」

「されど姫様《ひめ》」

「つまらぬのぉ。そなたはいつもかたすぎるのじゃ。たまにはこうしてゆるゆるせぬか。でないとこっちが疲《つか》れるのじゃ」

濃姫《のうひめ》は自らの杯《さかずき》を一度ふってタヨに手わたし、白酒をなみなみそそいだ。

「まあよいではないか」

「……では一杯《ぱい》だけ」

タヨは杯《さかずき》に口をつけ、ぐびりぐびりと一気に飲み干《ほ》し、ぽっとほおを赤くした。

「なんじゃ、よい飲みっぷりではないか。ささ、もひとつ」

「いえ、で、では」

おずおずと杯《さかずき》を差しだす夕ヨに、濃姫《のうひめ》は満足そうに白酒をそそいだ。

とんちきとんちき、とととんとんちき。

ぴーぴーぴーしゃらら。

足をふらつかせながら、殿《との》が踊《おど》る。左大臣も、いつもは警戒《けいかい》を怠《おこた》らぬ右大臣も陽気に酒を酌《く》みかわし、気づけばあちらこちらで酔《よ》いつぶれた面々が高いびきをかき、夕ヨまでも杯《さかずき》を手に寝言《ねごと》をいっていた。

そのなかで、ただひとり濃姫《のうひめ》だけがまんじりともせず玉台《ぎょくだい》の上にすわっていた。

「よい宴《うたげ》じゃったのぉ」

濃姫《のうひめ》はそうつぶやいて腰《こし》をあげると、静かにひとりひとりを見た。

「わらわは、わらわの女《め》の子《こ》を守ろうと思う」

それがどのようなことかわからぬほど、おろかではない。……いや、おろかじゃな。されど、守りたい。この身が朽《く》ちようと、それが女雛《めびな》としての業《ごう》であり、喜びなのだ。

「みな、すまぬな」

ぱんっ！

手を打ち鳴らすすんだ音が駅舎《えきしゃ》にひびく。

天井裏《てんじょううら》からまっすぐに飛んできたハエに濃姫《のうひめ》は憑依《ひょうい》して、戸のすきまから飛びだしていった。

――――。

静まりかえった駅舎《えきしゃ》のなかに、すすり泣く音だけが、そこかしこで聞こえる。

濃姫《のうひめ》がたった今しがたまですわっていた玉台《ぎょくだい》に殿《との》が顔を埋《う》め、右大臣はくちびるをかみしめ、左大臣は左のこぶしを口もとにあてた。イサとスズはどちらからともなく身をよせあい、五人囃子《ばやし》はうなだれ、仕丁《しちょう》たちは天をあおいだ。

「姫様《ひめ》」

タヨはほおに流れるものをぬぐって立ちあがった。

「タヨさまぁ」

「スズ、そのような情《なさ》けない声を出すでない」

「そのような……、タヨさまあんまりでございます。姫様《ひめ》はどうなるのです、見て見ぬふりをせねばならぬのですか」

イサが声をふるわせると、タヨは床《ゆか》をふみならした。

「いつ、そのようなことをもうした。よいか、われらは官女《かんじょ》ぞ。みなも姫《ひめ》様をお慕《した》いしてこれまでこうして来られた方々じゃ。姫《ひめ》様を見捨《みす》てるなどできるものか。殿《との》！」

ひい、と殿《との》が顔をあげた。

「姫《ひめ》様が受けるやもしれぬとがめ、われらも分かちあいとうございます」

「そうじゃ」

「そうじゃ、そうじゃ！」

あちこちで声があがる。

殿《との》は二度、三度、まばたきをしてこくんとうなずいた。

「そうじゃな。わしも姫《ひめ》のおらぬ日々など考えられぬ。では、みな、姫《ひめ》のために」

姫《ひめ》様のために……。

みながかたずをのんで殿《との》を見た。

「い、祈《いの》ろう」

あぁ……。

殿《との》に一瞬《いっしゅん》でも期待した自らを、みながみな、悔《く》いた。

明け方、蔵《くら》の前まできた濃姫《のうひめ》はいぶかしく思った。

空気が軽い。軽く、やわらかいのだ。昨日《きのう》、あれほどうらみやねたみをふくんだ、しめった気を発していた人形たちとは思えない。

〈いったいなにがあったというのじゃ〉

由良《ゆら》に危害《きがい》を加える人形を、ひとつ残らず消し去る。そのことで己《おのれ》の身になにが起きようと、すべてを引き受ける覚悟《かくご》だった。なのに、これは……。

——明日は桃《もも》の節句《せっく》じゃ

——われらを見にまいられよ

——人の子が大勢《おおぜい》来るぞ

——喜ばしい、喜ばしい

すきまから蔵《くら》のなかへ入るとあちらこちらから華《はな》やいだ声が聞こえる。

〈そなたたちはなにをそのようにうかれておるのじゃ〉

――人の子じゃ
――人の子がわれらを救った

〈人の子?〉
人の子とは由良《ゆら》のことか?　まさか……、されど昨日《きのう》ここにいた人の子とは由良《ゆら》しかおらぬ。

――神社に飾《かざ》られるのじゃ
――華《はな》やかしきところへゆける

人形たちの声はなおも続く。
まさか、そのようなことが……。
濃姫《のうひめ》は表情《ひょうじょう》をこわばらせた。
人の子をうらむことしかできなかった人形たちが、なぜじゃ。

解《げ》せぬ。

人の子にそれだけの力があるのであれば、なによりも先に、われらを駅舎《えきしゃ》から救いだしてくれるべきなのではないか？　そう考えて、ぐっとのどを鳴らした。

そんなことを考えた己《おのれ》があさましく思えた。そもそも最初に利用したのは、わらわではないか。身代わりを引き受けることで功徳《くどく》を得ようとした。

身代わりの域《いき》を超《こ》え、掟《おきて》をやぶったことも、だれにいわれてしたことでもない。思いにこたえてほしいなどとは、つゆほどにも思わない。

でも、特別でありたい。

由良《ゆら》にとって、特別な……。

あぁ、いやじゃ。

きりきりと胸《むね》が痛《いた》む。からだが冷えていく。足もとからさすような風がふきあげる。

寒い。寒くてこごえそうだ。

からだが重い。

深い霧《きり》のなかにいるように、視界《しかい》がくもる。

どろりとしたものがこみあげてくる。

頭のなかで低い声がひびく。

女の子《めこ》は愛してなどくれぬ

濃姫《のうひめ》はかぶりをふる。
いやじゃ、人の子をうらみたくなどない。
声がひびく。
いやじゃ、いやじゃ。
声がひびく。
いやじゃ、いやじゃ。聞きとうない。

愛してなどくれぬ
真心になど気づかぬ
忘《わす》れてしまう

やめよ、やめよ……。

ふふふふふっ

ふふふふふっ

笑うな！

おかしなことじゃ

気づかぬか

気づかぬだけ

気づかぬふりをしているだけ

気づかぬとはなんじゃ。

ふふふふふっ

ふふふふふっ

声がひびく。
頭のおくで声がひびく。

気づかぬだけ
気づかぬふりをしているだけ

消えよ……。

ふふふふっ
　ふふふふっ
まだ気づかぬか
ふふふふっ
　ふふふふふっ

濃姫《のうひめ》はカッと目を見開いた。

ちがう、うそじゃ。

声が、からだの内側をぞわぞわとはうようにして登っていく。ことばがからだをはい、頭のおくで破裂《はれつ》する。

わらわじゃ。この声は、わらわじゃ。

ふふふふふっ
ふふふふふっ

すぐそこに、漆黒《しっこく》の闇《やみ》が広がっている。すいこまれるように、濃姫《のうひめ》はふらりと闇《やみ》のなかに足をふみいれた。

# ひな壇《だん》――――由良《ゆら》

「由良《ゆら》はまだ寝《ね》ているのか」

畑からもどった慶吾《けいご》が部屋のなかに目をやる。

「もう出かけましたよ。サナさんと神社へ行くんですって」

「なんだ、昨日《きのう》もおそかったのに」

「そうですね。でも、いいじゃないですか」

「悪いとはいっとらん」

ムキになる慶吾《けいご》に清子《きよこ》は肩《かた》をすくめた。

「そうそう、明日、橘《たちばな》神社に行きましょうね。由良《ゆら》ちゃん楽しみにしてましたから」

桃《もも》の節句《せっく》祭がおこなわれる橘《たちばな》神社では、毎年大きなひな壇《だん》の前であま酒がふるまわれ、お囃子《はやし》が演奏《えんそう》される。周辺には屋台もいくつか並《なら》び、人がにぎわう。そして午後、全国からよせられた人形供養《くよう》がおこなわれる。

今年は、このほかに参道の石階段《かいだん》に布《ぬの》をはり、蔵《くら》のひな人形を一堂に飾《かざ》ることになった。階段《かいだん》を巨大《きょだい》なひな壇《だん》に見立てるのだ。

これは昨日《きのう》、決まったことだった。

夕日に照らされた石階段《かいだん》を目にした由良《ゆら》がいいだした。

節句《せっく》祭の二日前という差しせまった時期であることはもちろん、子どもの思いつきなどかんたんに通るものではない。常識《じょうしき》で考えればとうてい無理な話だった。しかし、その話を聞いた婦人会《ふじんかい》の面々が由良《ゆら》の提案《ていあん》に賛同《さんどう》した。

蔵《くら》にとじこめられたままだった人形たちをふびんに思ったのかもしれないし、単に、石階段《かいだん》を大ひな壇《だん》にするということに興味《きょうみ》をもったのかもしれない。ともかく、しぶる神主《かんぬし》に「婦人会が仕切るのなら文句《もんく》はないはずだ」とつめより、「節句《せっく》祭の目玉になるかもしれない」ともちあげ、「これまで蔵《くら》の人形たちをほうっておいたくせに」などと責《せ》め立て、神主《かんぬし》は首をたてにふらざるを得なかったのだ。

サナは、魔《ま》よけの意味があるという朱色《しゅいろ》の布《ぬの》をさっそく手配をした。それを今日中に一枚《まい》の長い緋毛氈《ひもうせん》に仕立てることになっている。

「行きますよね」

「由良《ゆら》と約束をしたからな」

「そうですか。……由良《ゆら》ちゃん、ちょっと変わりましたね」

清子《きよこ》のことばに慶吾《けいご》が顔をあげた。

「ここに来たばかりの由良《ゆら》ちゃんだったら、あなたにそんなこといわなかったでしょ」

「……」

「なにがあの子を変えたんでしょうね」

慶吾《けいご》のとまどったような顔を見て、清子《きよこ》が笑った。


由良《ゆら》とサナが橘《たちばな》神社へ行くと、ちょうど生地屋《きじや》が布《ぬの》をとどけてくれたところだった。緋毛氈《ひもうせん》になるような朱色《しゅいろ》の布《ぬの》は一反《たん》しか在庫《ざいこ》がなかったため、昨日問屋《きのうとんや》に問いあわせ、となり町まで車を飛ばして六反《たん》用意してくれたのだと神主《かんぬし》がいった。

「ご足労をおかけしましたね」

サナがいうと、生地屋《きじや》は首のうしろに手をあてた。

「街おこしのためだなんていわれちゃ、断《ことわ》れねえもんな。楽しみにしてるよ、明日見に来るわ」と、少してれたようにいって帰っていった。

「じゃあ、サナさん、うちのほうでミシンの準備《じゅんび》はできていますから、自由に使ってください。ご近所からもお借りして、三台用意しました」

「助かります。三台あれば充分《じゅうぶん》です」

サナはそういって布《ぬの》をかかえた。由良《ゆら》も両手にかかえてサナのあとから社務所《しゃむしょ》を出た。神主《かんぬし》の自宅《じたく》は、このすぐ裏手《うらて》にある。そこに婦人会《ふじんかい》のメンバーが集まって、緋毛氈《ひもうせん》を作ることになっている。

家に入るとサナはさっそく布《ぬの》をひらきはじめた。由良《ゆら》が残りの布《ぬの》を運び終わるころ、タイミングよく婦人会《ふじんかい》のおばさんたちが姿《すがた》を現《あらわ》した。

布に印をつけ、まち針《ばり》を打つ。そこにアイロンをあててミシンをかけていく。三十五センチはばの布をふたつ合わせてはばを広げ、その両はしを縫《ぬ》っていく。こうしてできた三つを最後につなげていくのだ。

時間はかかりそうだが、手際《てぎわ》がいい。まもなく、カタカタとミシンが軽快《けいかい》な音を立てはじめた。

カタカタカタカタカタカタ。

カタカタカタカタ。

由良《ゆら》はじゃまにならないように部屋のすみにすわって作業を見ていた。

大勢《おおぜい》の人の目にふれ、見た人を笑顔にすることができる。

たった一日でも、だれかに必要とされ、愛され、求められていると感じることができれば、それだけでも……。

そうだよね、濃姫《のうひめ》。

濃姫《のうひめ》がいてくれたから、自分を信じることができた。今、ここにいていいのだと思えるようになれた。強くなれた。

わたしは、濃姫《のうひめ》になにをしてあげられるだろう。


……！

由良《ゆら》はそっと立ちあがり、部屋を出た。

「神主《かんぬし》さん」

社務所《しゃむしょ》のドアから顔をのぞかせると、神主《かんぬし》があわてて席を立った。

「なにかあった？　問題発生？　あ〜、まいったなあ」

「ちがいます、そうじゃないです」

「へっ」

「なんにも問題起きてません」

「なんだ、よかった」

そういって神主《かんぬし》はパイプイスに、すとんと腰《こし》を落とした。

「神主《かんぬし》さん」

すっかり気がぬけたのか、神主《かんぬし》は「うーん？」と、まのぬけた声を出した。

「石階段《かいだん》のひな壇《だん》に、駅舎《えきしゃ》のおひなさまも飾《かざ》っちゃだめですか」

「駅舎《えきしゃ》のって、木偶《でく》駅の？」

由良《ゆら》がこくりとうなずくと、神主《かんぬし》はあわてて首をふった。

「いやいやいや、それは無理だよ」

「どうして!?」

「だって、駅に貸《か》しだしているわけだから」

「でも、だれも見てないし」

「そういうことは関係ないよ。ムリムリ。仮《かり》にそうだとしても、見てる人がいないんだから返してくださいなんていえないだろ。そりゃあ、人形が傷《きず》つけられたりなんてことがあったら、話はべつだけど」

神主《かんぬし》さんのいうことはまちがってない。だけど……。

「じゃあ、駅の人に頼《たの》めばいいですか？」

「駅じゃなくて、駅前の商店の人たち……ってそうじゃなくて」

話し終わる前に由良《ゆら》は社務所《しゃむしょ》を飛びだしていった。あーぁと神主《かんぬし》はため息をついて苦笑した。

「結子《ゆうこ》ちゃんとそっくりだ」

石階段《かいだん》をかけおりて、道に出ると由良《ゆら》は蔵《くら》とは反対のほうにかけだした。敦美《あつみ》が、これをまっすぐに行けば駅だといっていた。

無理なお願いかもしれない。いや、そうなんだ。でも、濃姫《のうひめ》のために、わたしにできることをしたい。濃姫《のうひめ》がわたしにしてくれたように、わたしも。

駅舎《えきしゃ》はいつにもまして、しんっと静まりかえっていた。人がいないというだけでなく、負の空気が充満《じゅうまん》している。

〈姫《ひめ》は、なにをしておるのかのぉ〉

上段《じょうだん》で殿《との》がつぶやく。

〈殿《との》！　気弱なことを口にされませぬように〉

〈わ、わかっておる。なにをしておるかともうしただけじゃ〉

〈タヨ殿《どの》〉

イサが心配そうにいう。

〈すまぬ〉

平静を保《たも》たねば。そして考えるのだ。いらだち、不安にかられているだけではなにもならぬ。いや、それどころかよからぬほうへ……。

カンカンカンカン。

おもてから踏切《ふみきり》の音が聞こえてきた。みな一様に背筋《せすじ》をのばす。

どうせだれの目にもとまらぬのだとあきらめつつ、それでも列車の音が聞こえると期待をし、思いをめぐらせてしまう。

今度こそ、われらの前で足を止め、姫《ひめ》様の美しさに目を細めるものが現《あらわ》れるかもしれぬ、と。

しかし、その思いはまたもや打ちくだかれた。

改札口から出てきた男は、見むきもせず、壁《かべ》にもたれてたばこに火をつけた。ふわんと流れてきた煙《けむり》にみな顔をしかめる。

数分もしないうちに、フォンフォン！　と低い重厚《じゅうこう》なクラクションが聞こえた。

男はたばこを足もとに落とし、あわてて出ていった。

あぁ、と、みなが一様にうなだれたとき、おもてから足音が聞こえた。

やわらかな風がふき、日の光を背《せ》に受けて、だれかが駅舎《えきしゃ》に飛びこんできた。

肩《かた》までの髪《かみ》が前後にゆれる。

女《め》の子《こ》だ。

女《め》の子《こ》が大きく息をして顔をあげ、ひな壇《だん》のほうへまっすぐに歩みよる。

〈由良殿《ゆらどの》！〉

〈おおお〉

〈由良様《ゆら》じゃ〉

ひな壇《だん》のあちらこちらで声がもれた。

由良《ゆら》はひな壇《だん》の前で足を止め、くいとあごをあげて上段《じょうだん》を見あげた。

「濃姫《のうひめ》」

そういった女の子を、タヨは見た。

まっすぐな瞳《ひとみ》にかたく結ばれたくちびる。強い意志を感じるその表情に、一瞬《いっしゅん》、この女《め》の子《こ》が本当に由良殿《ゆらどの》なのかと目を疑《うたが》った。

以前ここで見たときは、どこか不安げで頼《たよ》りなげだった。弱々しげで、災《わざわ》いをはねのける強さなどみじんも感じない。だからこそ、あれほど連日のように姫様《ひめ》は災厄《さいやく》をかぶることになっていたのだ。

けれど、今、ここに立ち、姫様《ひめ》を見あげている女《め》の子《こ》からはそんな弱さは感じない。むしろ……。

覚悟《かくご》、そう、覚悟《かくご》だ。

姫《ひめ》様と同じ。

タヨはこみあげてくる涙《なみだ》をこらえた。

「わたしが、ここから出してあげる。だから、待ってて」

空気が動いた。

由良《ゆら》はふっとほほえんで、うなずいた。

「みんなも、待っててね」

そういうと、パッときびすを返した。

〈今のは、〉

〈たしかに今、由良殿《ゆらどの》はもうしたな〉

………。

一瞬《いっしゅん》の静寂《せいじゃく》のあと、わーっと歓声《かんせい》があがった。

早く姫《ひめ》様にお知らせしたい、そう思ったタヨは、急に不安にかられた。

おかしい。おかしいではないか。なぜ姫《ひめ》様は由良殿《ゆらどの》といっしょでなかったのだろう？

あれほどの覚悟《かくご》をしておそばへ行かれた姫《ひめ》様がなぜいない……。

なにか、あったのだ。なにか。


「お願いします」

由良《ゆら》は駅前にある和菓子屋《わがしや》の店主に何度も頭を下げた。和菓子屋《わがしや》は低くうなりながら腕《うで》を組む。

「お願いします。明日、神社にあのおひなさまを飾《かざ》ってあげたいんです」

「そういわれてもねえ」

「お願いします」

「べつにほかにもいっぱいあるんだろ？　なにも駅のおひなさんまで。あんたはなんでそんなにこだわるんだい」

「……だれも、だれも見てないから。だれにも見られないなんておひなさまがかわいそう」

「かわいそう？」

和菓子屋《わがしや》はけったいな子だなとみけんにしわをよせて首をひねった。

「いいんじゃないですか」

店のおくから奥《おく》さんが顔を出した。

「神主《かんぬし》さんからもお電話あったじゃないですか」

「神主《かんぬし》さんから？」

由良《ゆら》がおどろくと、奥《おく》さんはくすりと笑った。

「女の子が、ひな人形を神社にもどしてほしいって頼《たの》みに行くかもしれませんのでよろしくお願いしますって。もしよければ、女の子の頼《たの》みを聞いてもらえませんかって、明日は女の子の節句《せっく》ですから、なんていうのよ。あの若《わか》い神主《かんぬし》さん、なんだかおもしろいわよね。

むちゃくちゃなこといってるし、おしも弱いんだけど」

思わず由良《ゆら》も笑った。

「けどなぁ」

「いいじゃないですか。わたしだって気になっていたんですよ。おひなさまってあんなふうにとりあえず飾《かざ》っているだけじゃ意味がないでしょ」

奥《おく》さんはいたずらそうな目で由良《ゆら》を見て、店主の耳もとでそっとささやいた。

「さみしいよ~って、おひなさまにうらまれても知りませんよ」

そういって、目をすっと細めた。

「やめてくれよ」

「あら、そういう話、よくあるじゃないですか。聞いたことありません?」

「毎日ちゃんと戸じまりして、世話してただろ」

「そういうのは世話とはいいませんよ。まあ、あなたのお好きになさったらいいんじゃないですか。うらまれるのはわたしじゃありませんから」

奥《おく》さんはふりかえって、ぺろっと舌《した》を出した。

「ありがとうございました」

和菓子屋《わがしや》の奥《おく》さんといっしょに店を出た。

「あの、ほかのお店の人に断《ことわ》らなくてもいいんですか？」

「いいのよ。みなさんほっとするんじゃないかしら。毎晩《まいばん》持ちまわりで戸じまりするの、けっこう大変だったみたいだし。なんとなく毎年やっていただけでね。そんなだからおひなさまも張り合いなかったでしょうねえ。よかったわ、神社に飾《かざ》ってもらえるのなら」

そういう奥《おく》さんに由良《ゆら》はうなずき、ふっと視線《しせん》をあげて息をのんだ。

駅舎《えきしゃ》からもうもうと煙《けむり》があがっている。

「おばさん、あれ！」

和菓子屋《わがしや》の奥《おく》さんは、きゃっと小さく声をあげて、きびすを返した。

「あなたー、火事、火事です！」

由良《ゆら》はまっすぐに駅舎《えきしゃ》へ走った。


駅舎《えきしゃ》のなかは騒然《そうぜん》としていた。

〈ひえ！〉

〈きゃ〜〉

〈け、煙《けむり》がぁ〉

〈みな、落ち着くのです〉

タヨは制したが、だれも聞いてなどいない。

〈たばこが、たばこの火が消えていなかったようです〉

右大臣はくちびるをかみ、なんとか腰《こし》をうかそうとしているが、この時刻《じこく》ではどだい無理な話だ。人形が動けるのは、夜ふけ、十二時をすぎてから夜明け前までの数時間である。しかも人が寝静《ねしず》まっていなければならない。

下段《げだん》では五人囃子《ばやし》が、仕丁《しちょう》が、恐怖《きょうふ》におののいた表情《ひょうじょう》をうかべている。

〈なんという〉


——掟《おきて》をやぶりしものは灰《はい》となり、この世の塵《ちり》となる……。


これが、とがめ……。

タヨは上段《じょうだん》に意識《いしき》を飛ばした。器としてだけの濃姫《のうひめ》が静かにすわっている。

〈タヨ殿《どの》！〉
左大臣がじれた声をあげた。
わかっております。
そんなこと、だれにいわれずともわかっているのだ。
けれど、今のわれらにはどうすることも。
ぼっ！
小さい火が広がる。
となりでスズが悲鳴をあげる。
殿《との》にいたっては、とうに失神し、白目をむいている。
そのとき、煙《けむり》のなかでなにかが動いた。
「濃姫《のうひめ》！　みんな！」
〈由良殿《ゆらどの》！〉
〈由良《ゆら》様じゃ、由良《ゆら》様がわれらを救いに来てくれた〉
ひな壇《だん》で歓喜《かんき》の声があがる。
由良《ゆら》は炎《ほのお》を目にして一瞬《いっしゅん》たじろいだが、口に手をあて、煙《けむり》をかき分けるようにして歩を進めた。

パチッ。

入り口で炎《ほのお》があがる。壁《かべ》をつたって炎《ほのお》はどんどん大きくなる。

由良《ゆら》はまわりを見た。十五体の人形を、何回にも分けて運びだす時間はない。一度に運びだすためのなにか……。

由良《ゆら》は目の前にある朱色《しゅいろ》のものに目をとめた。

「これだ」

由良《ゆら》はひな壇《だん》に敷《し》かれた緋毛氈《ひもうせん》をつかんで、一気にそれを引いた。

〈わ〜〉

〈うひょ〜〉

人形たちはひょいと宙《ちゅう》にうき、天と地がひっくりかえり床《ゆか》に転がった。

煙《けむり》が濃《こ》く、強くなる。

熱い。熱くて苦しい。息ができない。

由良《ゆら》は朱色《しゅいろ》の布《ぬの》に、手あたりしだい、人形をのせて入れてしばった。

視界《しかい》がぼやける。

人形を入れた包みをかかえて立ちあがろうとして、ひざをついた。火の粉《こ》がぱちぱちとはねる。波のように渦巻《うずま》いて見える。

早く、早くここからでなきゃ……。

心は急《せ》いているのに、からだが思うように動かない。頭にもやがかかって、まぶたが重くなる。

いけない、外へ、外に出なきゃ。

ぐいとからだを前にやったとき、ひな壇《だん》の陰《かげ》に人形を見つけた。

あっ、拾いそびれてる。檜扇《ひおうぎ》？　濃姫《のうひめ》だ。

火の波がごおごおと音をひびかせて改札口に近づく。出口がふさがれてしまう……。

由良《ゆら》はかかえている包みを改札口にむかって思い切り投げると、しゃがみこんでひな壇《だん》に近づいた。

次の瞬間《しゅんかん》、ごおおおおおと、炎《ほのお》が音を立てて広がった。オレンジ色の炎《ほのお》が天井《てんじょう》にまで燃《も》え広がる。改札口に火がまわった。

# いとしきもの――濃姫《のうひめ》

音ひとつない。
わずかなあかりもない。
風も、香《かお》りも、ぬくもりもない。
闇《やみ》のなかには、なにもない。
心が動かないのだ。
嫉妬《しっと》とねたみとひがみ、そしてうらみ……。この思いこそ、掟《おきて》をやぶった罰《ばつ》だ。
思いを封《ふう》じるには、闇《やみ》に溶《と》けこみ、無にするしかなかった。
なにも感じない。
なにもない。
なにも。
――濃姫《のうひめ》

……。

――濃姫《のうひめ》。

やわらかな、女《め》の子《こ》の声。

――濃姫《のうひめ》。

この声音《こわね》。わらわの……。

名は、名は、名は。


〈由良《ゆら》〉


闇《やみ》のなかにひとすじ金色の光がさし、同時に強くあたたかな風が濃姫《のうひめ》をぐいと光のほうへおしあげた。

とくん。

胸《むね》が高まる。

とくん、とくん。

心が動きだす。

ぱんっ！

はじきだされるように闇《やみ》からはなたれた。

ハエに憑依《ひょうい》し、由良《ゆら》の気配をたどってきた濃姫《のうひめ》は、駅舎《えきしゃ》まで来て目を疑った。炎《ほのお》に包まれている。

これは、いったい……。

はっと息をのむ。

みなは、みなはどうした!?

どこからか入れる場所はないものかと、駅舎《えきしゃ》のまわりを飛んだ。すると、改札口に続くプラットホームの真ん中に、見覚えのある布《ぬの》があることに気がついた。なにかを包んでいるその朱色《しゅいろ》のかたまりにおりたつと、なかから声が聞こえた。

〈タヨ、タヨか〉

濃姫《のうひめ》が声を飛ばすと、布《ぬの》のなかからいくつもの声が聞こえた。

〈姫《ひめ》様！　はい、わたくしです〉

〈みなもおるのか〉

〈由良殿《ゆらどの》が、救ってくださったのです〉

〈由良《ゆら》が……。ならば、由良《ゆら》はどこじゃ〉

〈そこに、近くにおられぬのですか?〉

布《ぬの》のなかで人形たちがどよめいた。

こほっこほっとせきが出る。息が、苦しい、目がしみる。

はっ、と濃姫《のうひめ》は駅舎《えきしゃ》を見た。

由良《ゆら》はまだ駅舎《えきしゃ》のなかだ。

濃姫《のうひめ》は、ひゅっと飛びたち、煙《けむり》がはき出てくるわずかなすきまから駅舎《えきしゃ》へすべりこんだ。


うっ。

このなかに本当に由良《ゆら》はいるのか?

炎《ほのお》の勢《いきお》いが増《ま》している。

「由良《ゆら》!」

はりあげた声は、ごおごおという炎《ほのお》の音にかんたんにかき消される。目をつぶり、気を集中させる。由良《ゆら》の気配をたどる。ひな壇《だん》からわずかに左、その床《ゆか》にうっすらと光がうかんだ。

「由良《ゆら》！」

光のなかに、由良《ゆら》がいた。壁《かべ》にもたれ、まるでなにかを守るようにからだを丸めている。

「なにをしておる！」

由良《ゆら》はぴくりともしない。

「目をさまさぬか！　火がまわる、由良《ゆら》！」

濃姫《のうひめ》は、由良《ゆら》の耳もとをぐるぐる飛びまわりさけび続けた。

由良《ゆら》の顔がわずかに動き、ふところからごろりとなにかが転がった。

「濃《のう》……姫《ひめ》……」

由良《ゆら》の手が、それにのびる。

女雛《めびな》だ。

なっ、由良《ゆら》はこのために逃《に》げおくれたのか？

……なんというばかな女《め》の子《こ》じゃ、わらわのためになど。

そなたを見守るのは、女雛《めびな》の役目ぞ。なのに、あべこべではないか。

由良《ゆら》は手の甲《こう》にとまったハエを見て口角をあげた。

「濃姫《のうひめ》」

「由良《ゆら》……」

「みんなで、神社へ行けるんだよ、みんなで」

由良《ゆら》がせきこむ。

「しっかりせよ」

濃姫《のうひめ》はすっとハエからぬけて、由良《ゆら》の手のなかにある女雛《めびな》のなかへ入った。

〈そなたも、はようゆけ〉

濃姫《のうひめ》がぬけたハエは、混乱《こんらん》したように駅舎《えきしゃ》のなかを飛びまわり、ぱちんぱちんと何度か壁《かべ》にからだをぶつけながら、外へ飛びだしていった。

ごおおおお。

炎《ほのお》が壁《かべ》をつたい音を立てて近づいてくる。

オレンジ色の炎《ほのお》が天井《てんじょう》にまで燃《も》え広がる。

「濃姫《のうひめ》……」

由良《ゆら》がからだをこわばらせる。

どうしよう、どうしたらいいの。

濃姫《のうひめ》を包むように、からだを丸めた。

「由良《ゆら》」

胸《むね》に抱《だ》いた濃姫《のうひめ》を由良《ゆら》が見た。

「一度じゃ。一度だけ、出口を作る。そこからおもてへ」

これで最後じゃ。一度は闇《やみ》のなかへ身をおき、無になった。次に掟《おきて》をやぶることあらば、そのときこそ本当に灰《はい》になる。

そのことは充分《じゅうぶん》すぎるほどわかっていた。みなでそろって神社へ行き、あの光のなかへ身をおく。そのことへの未練がないといえば、うそになる。されど、なにより願い、望むことは……。

濃姫《のうひめ》はくいっと顔をあげた。

「だめ、火が」

「おそれず、まっすぐに、ためらうでない」

「でも、」

「そなたなら、由良《ゆら》ならできる」

やさしい声。

「わらわを信ぜよ」

濃姫《のうひめ》は、由良《ゆら》を見あげて笑みをうかべた。

「みなを救うてくれたこと、礼をもうす」

濃姫《のうひめ》はそれだけいうと、由良《ゆら》の手の上に立ち、正面をむいた。

バッ！

檜扇《ひおうぎ》を広げ、両の手を大きくひらく。

ひゅるるるるるる。

床《ゆか》から風が舞《ま》い起きる。

強く、強く、強く大きくなっていく。

はうようにせまってきた炎《ほのお》が風にぶつかる。ごーごーごーと炎《ほのお》をとらえる。

ごおおおおおおお。

一瞬《いっしゅん》、炎《ほのお》が両はしにはじかれた。

「ゆけ！」

濃姫《のうひめ》の声に、由良《ゆら》は床《ゆか》をけった。目の前に炎《ほのお》がせまる。

「そなたの災厄《さいやく》、わらわが引き受けた！」

どん！

地面の上を転がる。

冷たくて、気持ちがいい。空気だ。それに、風……。

「きゃー、女の子が！」

「早く！」

だれかがさけんでいる。

背後《はいご》で炎《ほのお》の音が大きくなった。炎《ほのお》が駅舎《えきしゃ》をのみこんだ。

遠くから、消防車《しょうぼうしゃ》のサイレンが聞こえてきた。

## はじまり、そして――由良《ゆら》

「由良《ゆら》ちゃん」
「由良《ゆら》、由良《ゆら》！」
耳もとで、聞き覚えのある声がする。おばあちゃんと、おじいちゃん。それから……。

――帰れ、そなたを必要としているものたちのところへ。

由良《ゆら》のまぶたがぴくりと動く。
清子《きよこ》はぽろぽろと涙《なみだ》をこぼして、由良《ゆら》の顔にほおをよせ、慶吾《けいご》はおこったような顔をしながら目頭をおさえた。
昨日《きのう》、燃《も》えさかる駅舎《えきしゃ》のなかから飛びだしてきた由良《ゆら》は、和菓子屋《わがしや》の奥《おく》さんに付《つ》き添《そ》われて病院へ運ばれた。

奇跡的《きせきてき》に、由良《ゆら》はけがをすることも一酸化炭素中毒《いっさんかたんそ》の疑《うたが》いもなかった。ただ、ねむり続けた。こんこんとねむり続ける由良《ゆら》のそばで、清子《きよこ》と慶吾《けいご》はひと晩《ばん》を明かした。

明け方、慶吾《けいご》はひとりで廊下《ろうか》に出て、一枚《まい》の写真を見つめた。由良《ゆら》のポケットに入っていたのを、清子《きよこ》が見つけたのだ。

「宇佐美《うさみ》さん」

顔をあげると、サナが立っていた。今しがた、橘《たちばな》神社の石階段《かいだん》に人形を飾《かざ》りおえたのだという。サナは慶吾《けいご》が手にしている写真を見て小さくうなずいた。

「由良《ゆら》ちゃん、結子《ゆうこ》ちゃんのおひなさんを探《さが》していたんですよ。見つかりませんでしたけれど。でも、おひなさんが、おじいちゃんとお母さんを仲直りさせてくれるって。そう信じていたようです」

そういってサナは、これを由良《ゆら》ちゃんにと女雛《めびな》を手わたした。

由良《ゆら》が駅舎《えきしゃ》から飛びだしてきたとき、胸《むね》に抱《だ》いていたという女雛《めびな》だった。


昼すぎ、ようやく由良《ゆら》は目をさました。

ベッドのとなりの棚《たな》に女雛《めびな》を見つけると、由良《ゆら》はそれを手にとり、やさしくなでた。

白い顔はすすでよごれ、着物のあちこちに焼けこげがあり、長い黒髪《くろかみ》もところどころ短く焼けていた。それでも、月見団子《だんご》のようなまん丸な顔は愛きょうがあり、品を感じさせる。

これほどひどく傷《いた》みよごれてもなお、美しいと感じる。

それは華《はな》やかに、香《かお》り立つような美ではない。もっと深く豊《ゆた》かに、慈愛《じあい》に満ちあふれた美しさだ。

でも……、もう濃姫《のうひめ》が語りかけてくることはない。

駅舎《えきしゃ》でかわした濃姫《のうひめ》との短いことば。あれが濃姫《のうひめ》の別れのことばであることに、由良《ゆら》は気づいていた。

いっぱい、いっぱい、話したいことがある。だけど、やっぱり本当にいいたいのはひとつ。

ありがとう。

わたしの女雛《めびな》になってくれてありがとう。

つーっと涙《なみだ》がほおをつたう。

「由良《ゆら》ちゃん？」

清子《きよこ》が心配そうに由良《ゆら》の手をにぎる。

ううん、だいじょうぶ。だいじょうぶだから。

由良《ゆら》は顔をあげた。

「わたし、こわかったの。お母さんとおじいちゃんが、ケンカしたのは、わたしのせいだもん。わたしはいちゃいけない子なんだって」

「なにをばかなことを」

慶吾《けいご》がうなるようにいうと、由良《ゆら》はかぶりをふった。

「でもね、そうじゃないって。ここにいていい。みんな、だれかの特別なんだっておひなさまが教えてくれたの。だから」

清子《きよこ》が由良《ゆら》をやさしく胸《むね》にだいた。


午後、退院《たいいん》の許可《きょか》が出ると、慶吾《けいご》は用事を思いだしたといってひと足先に家に帰った。

「おじいちゃん、ただいま」

「あなた、いるんですか？　用事っていったいなにを」

清子《きよこ》が少しとがった声でいいながら居間《いま》のふすまをあける。

と、そこに、垂《た》らし髪《がみ》の女雛《めびな》と男雛《おびな》が並《なら》んでいた。

「どうして、ここに」

清子《きよこ》がいうと、慶吾《けいご》は背中《せなか》をむけたまま、ぼそりといった。

「神社から、引き取った。先代のときだ」

「知ってたんですね、わたしがあずけたこと。それならいってくれればよかったのに」

慶吾《けいご》はそれにはこたえず、「これでいいか」と、由良《ゆら》をふりかえった。

「おじいちゃん」

由良《ゆら》は慶吾《けいご》の背中《せなか》にだきついた。たばこのにおいがやさしく由良《ゆら》の鼻腔《びこう》をくすぐる。

「すまんな。由良《ゆら》を苦しめているとは思っていなかった」

「おじいちゃん」

「来年は、飾《かざ》るの手伝ってくれるか」

こくん。由良《ゆら》がうなずくのを背中《せなか》に感じて、慶吾《けいご》は何度もそうかそうかとうなずいた。

よく日、結子《ゆうこ》は少し日焼けをして帰ってきた。

居間《いま》に飾《かざ》られているひな人形を見て、なつかしそうに女雛《めびな》を手にとる。

「お父さんが飾《かざ》ったのよ」

「えっ」

由良《ゆら》と庭の畑にいる慶吾《けいご》を見た。

笑ってる。父の笑顔を見たのはいつ以来だろう？　結子《ゆうこ》はふっとそう思って、女雛《めびな》に視《し》線《せん》を落とした。

「お母さん、今日、泊《と》まっていってもいいかな」

「結子《ゆうこ》」

結子《ゆうこ》がもう一度庭に目をやった。

畑のなかで、由良《ゆら》と慶吾《けいご》がまぶしそうに空を見あげていた。


あれからいくど春をむかえただろう――。

ふぁ～っ。

大きなあくびをする。

ここひと月、朝早くから夕刻《ゆうこく》まで気をぬくひまもない。

〈めんどうじゃな〉

〈姫《ひめ》様！〉

少々とうが立った官女《かんじょ》が女雛《めびな》をいさめる。

〈もうお忘《わす》れになったのですか？　あのつらき日々を。このような華々《はなばな》しきところで、なにが不満だとおおせなのです〉

〈まぁ、これはこれでのぉ〉

〈なんと！〉

〈まあまあ〉

白いひげをたくわえた左大臣があいだに入る。

〈姫《ひめ》様、それより今日ではございませぬか？　毎年、三月二日、桃《もも》の節《せっ》句《く》の前日にいらっしゃいます〉

〈そうでした、三日は込《こ》みあいますゆえ、前日にいらっしゃるのでしょうね〉

左大臣と官女《かんじょ》が、うんうんとうなずきながらなつかしそうな表情《ひょうじょう》をうかべるのを見て、女雛《めびな》は肩《かた》をすくめる。それからふっとあのころへと思いをはせる。

肩《かた》でゆれるやわらかな髪《かみ》、黒目がちな瞳《ひとみ》、いつも泣きそうな顔をしていた。

いやはや、手間のかかる女《め》の子《こ》であった。

……もう、二度と、もどれぬと思っていた。女《め》の子《こ》の姿《すがた》を見ることもできないと思っていた。

いくつもの季節がめぐり、何度目かの春をむかえたある日、春一番が闇《やみ》のなかをかけぬけた。


今一度、女雛《めびな》として生きよ――。

そなたを求めしものたちのもとへ――。


そう、なにかがささやいた。


〈姫《ひめ》様、お顔がゆるんでおりますぞ〉

官女《かんじょ》がぴしゃりというと、女雛《めびな》はごろんと横になり、

〈わらわはもともと、こういう顔じゃ〉といって、しりをかく。

〈姫様《ひめ》!〉

官女《かんじょ》の声が石段《いしだん》の大ひな壇《だん》にこだました。


神社の石段《いしだん》の下から、やわらかそうな髪《かみ》をゆらし、ほおをピンクに染《そ》めた小さな女の子が若《わか》い母親の手を引いてあがってくる。女の子は一番上に飾《かざ》られた女雛《めびな》を見つけると、パッと笑顔になった。

「いた! ママ! ママのおひなさまいたよ! お昼寝《ひるね》してるのかな」

母親はふわりと笑った。

少し繕《つくろ》いのある着物をまとった女雛《めびな》の前で腰《こし》をおろし、そっと女雛《めびな》を起こした。

「ママ、おひなさまニコニコしてる!」

「ええ、笑ってる」

今年も会いにきたよ。

由良《ゆら》――。

少しいばったような、すねたような濃姫《のうひめ》の声が由良《ゆら》の耳に聞こえた。

おわり

いとうみく

神奈川県川崎市生まれ。『糸子の体重計』（童心社）で日本児童文学者協会新人賞受賞、『空へ』（小峰書店）で日本児童文芸家協会賞受賞。主な作品に、『かあちゃん取扱説明書』（童心社）、『二日月』（そうえん社）、『車夫』（小峰書店）、『キナコ』（PHP研究所）などがある。全国児童文学同人誌連絡会「季節風」同人。

ひいな

2017年1月23日　初版第1刷発行

作／いとうみく

発行者／松井聡
発行所／株式会社小学館
〒101-8001 東京都千代田区一ツ橋2-3-1
電話　編集03-3230-5416　販売03-5281-3555
印刷所／萩原印刷株式会社
製本所／株式会社若林製本工場

　ISBN978-4-09-289753-3



ブックデザイン●城所潤・大谷浩介（ジュン・キドコロ・デザイン）
制作●長谷部安弘　資材●斉藤陽子　販売●筆谷利佳子
宣伝●綾部千恵　編集●喜入今日子

出会いと別れを
くり返して
大人になる!

# 金魚たちの放課後

河合二湖 作

ISBN978-4-09-289751-9

三度目の転校。新しい友だちに案内された不思議な場所は、金魚の畑だった。ここは、東京の外れの金魚の街。生き物とつきあうのが苦手な少年や、金魚大好きな少女たちの発見と成長の物語。

あれって、なんだと思う?

それは、池かプールのようにしか見えないけど、
おれたちの“とっておきの場所”。
水の中を小さな赤いものが泳いでいる。

正解は、金魚の畑でした!

恋愛・友情・家族・笑い……、海外の話題作品がせいぞろいしました。
読んだあとには、生きる勇気がわいてきます。

## がんばるって、こんなにステキ!!!

ゴールデンカイト賞
受賞

ニューベリー賞
受賞作家

### 靴を売るシンデレラ

ジョーン・バウアー作　灰島かり訳

ISBN978-4-09-290513-9

天才的センスで靴を売るジェナ。オーナーとチェーン店を巡る旅へ。爽やかな青春ストーリー。

### 負けないパティシエガール

ジョーン・バウアー作　灰島かり訳

ISBN978-4-09-290573-3

学校ではオチこぼれでも、ケーキ作りの天才少女が、カップケーキを武器に自分の人生を切り開いていく、おいしいサクセスストーリー。

### ハートビートに耳をかたむけて

ロレッタ・エルスワース作

三辺律子訳

ISBN978-4-09-290566-5

将来有望なフィギュアスケート選手の突然の死と心臓移植。世界中のティーンが涙した感動物語。

### リアル・ファッション

ソフィア・ベネット著

西本かおる訳

ISBN978-4-09-290548-1

ファッションが大好きな女の子三人組が、ファッションで世界を動かそうと新しい挑戦をする。きらきら輝く少女たちの熱い物語。

### ルーシー変奏曲

サラ・ザール作

西本かおる訳

ISBN978-4-09-290577-1

天才ピアニストとして活躍していたルーシーの、自己発見と成長の物語。